JN070390

「行きましょう。ミア」
セルミアーネは私の手を握り返すと微笑んだ。
「ああラル、君がいてくれれば大丈夫だ」

CONTENTS

BINBOU KISHI NI YOMEIRI SHITA HAZUGA!? VOL.1

貧乏騎士に嫁入りしたはずが⁉︎ 1

野人令嬢は皇太子妃になっても熊を狩りたい

【プロローグ】

「皇太子殿下万歳！」
「セルミアーネ皇太子万歳！」
「帝国万歳！　帝国に栄光あれ！」

ものすごく大勢の人々が私達の眼下で叫んでいる。もはや怒号と言っていいその歓声は、重なり唸(うな)り、私達が立っている塔を揺るがせている。本当にビリビリと揺れているのだ。比喩ではない。

熱気、喜び、あるいはある種の狂気が渦を巻くように押し寄せてくる。いやもう、その熱さを浴びせられているとのぼせそうなほどだったわ。というか私はこの時、暑苦しいことこの上ない正装を着せられていたから、暑くて本当にのぼせそうだった。季節はもう冬なんだけどね。

新皇太子様の立太子式、つまり未来の皇帝陛下のお披露目だから国民は喜んでいるのだろうけど、今回セルミアーネが立太子されたのは、先の皇太子様が亡くなったからだ。おめでたくはないと思うのだが。

まぁ、庶民は皇族や貴族の事情なんて知らないわよね。お祝い事にかこつけて祝い酒が飲めればいいのよ。知ってる知ってる。私もつい先日まで実質庶民だったし。ああ、私もなんにも知らずに酒飲んで騒ぎたかったわ。思わず遠い目になってしまう。

皇太子の儀式正装に身を包んだセルミアーネが片手を上げて大観衆の歓声に応えている。やっぱりうちの夫は美男子だからああいうのも似合うわね。ほうほうと他人事(ひとごと)みたいにボンヤリ見ていると、大観衆からまた叫び声が上がった。

「皇太子妃ラルフシーヌ万歳！」

ラルフシーヌって誰？――って、私のことですね。自分の名前忘れちゃいけないわね。いや、ここ何年もラルと縮めて呼ばれてたから、全部呼ばれると背中がむずがゆくなるのよね。

てか、皇太子妃って！

私が顔を引きつらせていると、セルミアーネが微笑(ほほえ)みながら私を促した。

「ほら、君も手を振って」

私はぎこちなく微笑んで、機械仕掛けの人形のように手を振った。大歓声がさらに怒濤(どとう)のように盛り上がる。どうして私が手を振ったら盛り上がるのかしらね？　私を誰かと勘違いしてるんじゃないでしょうね？

私は冷や汗をダラダラ流しながらひたすら大群衆に圧倒されていた。

――私、確か貧乏騎士に嫁入りしたはずなんだけど？

なのに私が皇太子妃？　なんで？

一体全体、何がどうしてこうなった？

【第1話】 野人と呼ばれた令嬢

私、ラルフシーヌは侯爵家の生まれだ。家名はカリエンテ。

カリエンテ侯爵家といえばこの帝国において、なかなか捨てたもんではない名家である。何しろ帝国に十二家しかない侯爵家の一つだ。

その中でも格としては五番目で、つまり帝国の貴族界では侯爵家より上位で傍系(ぼうけい)皇族である公爵家二つを含めても七番目ということになる。

帝国には領地持ちだけでも約七百家くらいの貴族がいるのだから、七番目の価値が分かるだろう。

私はそんな侯爵家に生まれた。つまりお嬢様だ。ご令嬢だ。控えおろう、って感じだ。

しかしながら私は自分が侯爵令嬢だなんて全然知らないで育った。十三歳になるまで自分が貴族だなんて一つも自覚がなかった。なぜか。

実は私には兄姉が非常に多かったのである。兄が五人、姉がやっぱり五人いた。つまり私を含め十一人兄妹だ。これはすごい。

父と母は大変仲良しで、母のお産が毎回軽かったこともあり、結婚当初は毎年のように子宝に恵まれたらしい。

しかも家系的に頑健なのか、兄姉達は皆健康で、全員が無事に成人まで育った。ちなみに言えば貴族にしては珍しく兄弟姉妹の仲は非常に良い。

子供が多いのはいいことだ。子孫繁栄、一族繁栄、大変おめでたい……のだが、限度というものがある。

カリエンテ侯爵家はけして貧乏な家ではない。広大で肥沃な領地を持ち、交易事業でも儲けており、帝国貴族としてもなかなか裕福な部類のはずだ。

しかしながら、貴族を一人育て上げるのには天文学的なお金がかかるものなのである。これは位と家の格が高くなればなるほどかかる。

まず、一流品を揃えた部屋が必要だ。モノを見る目を養うためには、子供のうちから一流品に囲まれて過ごさせなければならない。モノの良し悪しを見抜けないというのは上位貴族にとって時に命取りになるからだ。

当然食事もオヤツも一流でなければならず、その食事を作るコックも一流でなければならない。いいコックは数が少なく争奪戦になるので、雇うには高給を払う必要がある。

それから子供一人一人につけるそれなりに質の高い使用人の人件費。子供はどうしても周囲の人間の所作を真似るから、質の低い使用人をつけると子供の作法が荒れる。だから高額な給金を払って良家の子女や夫人に来てもらうことが多い。

さらには、幼少より施す教育のための費用。教科ごとに先生も違うし、家の格に応じた教育を施そうと思えば一流の先生を呼ばなければならないから、より高額になる。

また、高位貴族は社交の場において、一度着た服は二度と着ないのが当たり前だ。同じ服を着て社交の場に何度も出たら、それだけで家の格が下がりかねない。

この暗黙の了解は当然子供にも当てはまる。子供にも社交があり、親と出るもの、子供だけで交流するものがあり、結構な頻度で服を使い捨てる。もちろん、ちゃんと仕立てた一流品の服をだよ？　女の子ならこれに加えて宝飾品も揃えなければならない。

その他諸々を合わせた費用は、まさにとんでもない額になる。カリエンテ侯爵家は子供が都合十一人いるのだから、この出費が十一人分だ。いくら裕福な侯爵家だって無理がある。

しかも一般的に生まれた子供は成人するまでに半分くらいは死ぬものなのだが、カリエンテ侯爵家では全員が元気にすくすくと育ってしまった。大変喜ばしいことではあるが、子供を全員一人前の貴族として育てるのは大変で、さらに言えば、これは少し後の話になるが、成人したら嫡男以外の子供は婿に出すなり嫁に出すなり分家を立てるなりしなければならなかった訳だから、その手配と費用も大変だったことだろう。

つまりどういうことかというと、私がカリエンテ侯爵家十一番目の子供、末の令嬢として生まれた時には、カリエンテ家の財政は火の車だったのである。

そもそもそんな財政状態だと分かっていて、子供をさらに作った両親の神経を疑わざるを得ないが、この時両親は四十代で、さすがにもう子供はできないだろうと思い込んでいたらしい。私とすぐ上の姉は五歳離れているから、その間はちゃんと自重していたのだろう。

　そんな訳で私は両親の遅い子供として生まれたのだが、その頃には一番上の兄は既に結婚して子供もいた。一番上の姉は公爵家に嫁入りが決まっていた。令嬢の嫁入りにはそれはもう莫大な費用がかかる。格上の家への嫁入りならなおさらだ。

　つまりどういうことかというと、私を侯爵令嬢として育てる費用が、もうカリエンテ侯爵家にはなかったのだ。嫡男の子供の養育と長女の公爵家への嫁入りに比べれば、六女の養育費の優先順位が下がるのは無理からぬことではあった。

　両親は悩んだらしい。貴族の家では、生まれた子に家格に相応しい養育ができない場合、格下の家に養子に出すことが多い。しかし当時の侯爵家の財政状況では、その際に必要な持参金すら用意できなかったそうだ。

　ほかにも侍女として帝宮に入れるとか、巫女として神殿に入れるなどの方法もあるが、侍女にするにはそれなりに教育をしなければならない（つまり費用が発生する）し、下位貴族の子女が入るのが通例である神殿に入れるのは、侯爵家としてはあまりにも世間体が悪いということで断念したらしい。

　結局両親が選んだのは私を領地のお屋敷に送り、そこで育てることだった。育ったあとは領地の有力な平民の家に嫁入りさせ、領地とカリエンテ侯爵家の繋(つな)がりを深めるために役立てようと考えたのだ。

これはいろんな領地で実際に行われている婚姻政策で、珍しい事例ではない。ただ、生まれた時からそう決められて、わざわざ領地で育てられるなんてことが普通はないだけで。

つまるところ私は、教育にお金をかけないために、帝都から遥(はる)か離れた侯爵領で隠し育てられることになったのである。

カリエンテ侯爵領は帝都から西へ馬車でゆっくり行って十日ほどのところにある、森と肥沃な平地からなる豊かな土地だ。農作物はよく穫(と)れるし、森には獣も多く肉と毛皮が穫(と)れる。木材を河川で帝都に運ぶ産業も盛んだし、友好的な隣国と接しているから交易も盛ん。この豊潤な領地でも賄えないのだから、貴族の子育て費用というのは恐ろしいものなのだ。

領都の外れに侯爵家の領地屋敷はある。広大な敷地を高い城壁で囲った城みたいなお屋敷で、実際有事には籠城戦(ろうじょうせん)もできるらしい。さすがに侯爵家、という威厳と迫力に満ちている。

のだが、私はこのお屋敷で育てられはしなかった。

当たり前だが巨大なお屋敷を維持管理するにはお金がかかる。私一人を入れるためにお屋敷を開いて年中快適に維持するために使用人を雇ったら、とんでもない費用がかかってしまう。

金欠の侯爵家にそんなお金はないため、お屋敷は年に二回ほどお父様お母様が来る時以外は、最小限の区画を掃除して開けるだけ。それ以外は定期的に換気するぐらいで閉めていた。


では私がどこで暮らしていたかというと、お屋敷の城壁の外にあった庭師の家に住んでいた。藁葺(わらぶ)き屋根の小さな家である。

そこにはカリエンテ侯爵家の領地における代官であるキックス男爵が住んでいた。私はそのキックス男爵夫婦に預けられたのである。

キックス男爵はもともとお屋敷の庭師で、前任の代官が田舎を嫌って領地に寄りつかないので仕方なく代官業務を代行しているうちに領地経営に詳しくなり、それをお父様が見出(みいだ)して男爵の位を与えたという人だった。

代官となっても庭師の仕事も続け、金欠領主の要求によく応じていたら、娘を預けられるという無茶振りまでされてしまった訳だが、そんなことを感じさせないくらいいつも飄々(ひょうひょう)としていた。

それなりにお給料はもらっていたはずだが、小さな家に住み続けて質素に暮らしていた。

キックス男爵は私が預けられた時三十歳。奥さんは三つ下で二十七歳。子供はいないが仲睦(なかむつ)まじい夫婦だった。二人は私を本当の娘のように扱った。私は二人をそれぞれ父ちゃん・母ちゃんと呼んだ。幼い頃は二人を本当に両親だと思っていたものだ。

とはいえお父様お母様は別に私の養育を放棄したつもりはなかったそうで、年に二回ほど領地に来た時には、私を呼んで可愛がってくれた。聞くところによれば高位貴族は一緒の屋敷に住んでいても子供の養育は乳母任せで子供とは滅多に会わない例も珍しくないのだとか。だから私の扱いが特にひどかった訳ではないらしい。

遅くに生まれた子供だから孫みたいに可愛いと言って、いつも帝都からたくさんのお土産を持ってきてくれた。優しいだけのお父様お母様のことが私は大好きで、いつも来る時期を心待ちにしていたものだ。何しろ父ちゃん母ちゃんはおっかなかったので。

いや、父ちゃん母ちゃんが厳しかったのは確かだが、私が大概悪ガキ過ぎたのだ。正直、あれくらい厳しく叱ってくれなかったら、私は何をしでかしたか分からない。いや、叱られてもいろいろとんでもないことをしでかした自覚は、ある。

お父様お母様から私を預けられた時、父ちゃん母ちゃんは「この子は将来、平民に嫁入りさせるつもりだ」と聞いていたらしい。「だから平民に馴染むように育ててくれ」とも頼まれたのだそうだ。

貴族らしく育てる予算がないからとは言わなかったらしいが、お父様の懐事情は父ちゃんが一番よく知っている。そのため、父ちゃんは遠慮なく私を平民の娘として育てることにしたそうだ。

平民の家に嫁入りするなら家事全般ができなければ困るし、平民の生活習慣を知らなければならない。だからその方針自体は間違っていなかっただろう。

私は母ちゃんに炊事・洗濯・掃除はもちろん、糸の紡(つむ)ぎ方から布の織り方、服の仕立て方まで教わった。同時に父ちゃんについて森に入り、山菜やキノコ、その他野草の知識を教わった。

これらはこの辺の一般庶民なら必須の知識で、誰でも知っている普通のことだった。問題はいろいろ教わっているうちに私の好奇心が普通の範囲で収まらなくなってしまったことだ。


私は自分一人で出かけられるようになると、近所の子供と転げ回って遊びながら野山を駆け巡った。そして必要のない範囲まで勝手に学び始めたのである。

猟師について歩いて獣の行動を学び、簡単な罠(わな)から始めて弓矢も教わり、実際に小動物を仕留めて家に持ち帰るくらいは当たり前にするようになった。

それくらいであればこの辺の活発な子供なら結構する者もあるが、十歳にして牡鹿(おじか)を仕留めたのはそうできることではないので、ちょっと自慢だ。

狩りだけではない。川で潜って魚を突き、木に登って木の実を集め、崖を登って薬草を集め、ついでに度胸試しに村の神殿の塔の外壁をよじ登って村中を大騒ぎにさせて、父ちゃんに殴られた。

私は俊敏で運動神経もよく、近所にいた元兵士から剣術や格闘術を教わったり、猟師の身のこなしを教わったりした甲斐もあって、そこらの男の子などよりもよほど強かった。

というか、喧嘩ばかりしているうちにいつの間にか私は悪ガキどものボスに成り上がっていた。領地中のガキ大将を倒して回っていたら、ついには領地の子供達の大親分になっていたのである。

その頃つけられた異名は『野人』『野猿』。女の子がつけられていい異名じゃないわよね。実は猿の血が混じってるとか言われていたし。何しろ木登りが得意技で、枝から枝へ飛び移って森の中を縦横無尽に飛び回っていたから。

私は子分を率いて領都の町や近隣の村を駆け巡り、悪事の限りを尽くした。

猟師の獲物を横取りして金を巻き上げたり、子供と侮りタダでこき使おうとする農夫から手伝い料として収穫物をほとんど持ち去ってしまったり、果樹園の手伝いと称して子分どもと大挙して来襲して果物の大半を食べてしまったり、木こりが切った木を使って盛大な焚き火をやらかしたり、意地悪な漁師の作っている干し魚に向かって連れてきた大量の猫を放ったり、貴重な薬草によく似た、ただの野草を交易商人に売りつけたり、牛と豚を数十頭連れ出してきて対決させたり……。まぁ、結構洒落にならない悪さをした。全部は覚えてないけど。

いや、いいこともしたのよ？　近くに出没した大熊を仲間と協力して仕留めた時は父ちゃんの顔は引きつってたけどみんな褒めてくれた。近所にやってきた山賊の寝込みを襲って一網打尽にした時には、領地を守る兵隊さん達に喜ばれた。母ちゃんは卒倒しちゃったけど。

そんな感じで私は十三歳になるまで自由過ぎるくらい自由に生きていた。

もちろん遊んでばかりではなく、父ちゃんの仕事である庭師の手伝いもしたし、母ちゃんについて畑仕事、ワイン作りなんかも手伝って一通りできるようになった。もちろん、大好きな森の中を相変わらず駆け巡って本職の狩人顔負けなくらい獲物を獲って肉を売ったり毛皮を売ったりして家計を助けたりもした。

父ちゃんは呆れて「狩人に嫁に行けばいいのでは？」と言ってたっけ。

実際、狩人の中には地元の有力者もいたから、そうなった可能性もあっただろう。狩人達から一目置かれるくらいの腕はあったから。

ところが十三歳の時、領地にいらしたお父様お母様が「あなたを帝都に連れて行かなければならない」とおっしゃったのだ。

は？　帝都？　私が首を傾げていると、お父様が説明してくださった。

なんでも、帝国の貴族の子女は、十三歳になる年の春に皇帝陛下に成人のお披露目をしなければならないのだそうだ。お披露目をして初めて貴族であると皇帝陛下に認めて頂けるとのこと。

その頃には私もさすがに、私の本当の両親はお父様お母様であるということを父ちゃんから聞いて知っていた。ただ、自分が貴族であるという自覚はまったくなかった。なので貴族として認められることになんの意味があるのかが、イマイチ理解できなかった覚えがある。

お父様としては、どうせ平民に嫁に出すつもりの娘だから、お披露目に出さなくてもいいのではないか、と思っていたらしいのだが、お母様がせめてお披露目だけでも、と言ってくださったらしい。

結局私はお父様お母様に連れられて、帝都に行くことになった。帝都には行ってみたいと思っていたからちょっとウキウキしながら大きな馬車に乗り込んだのだった。

十日もかかった道中だが、優しいお父様お母様とずっと一緒なんて初めてだったので私は楽しかった。私が話す日々の生活を聞いてお父様お母様はかなり引いていたけど。

礼儀作法なんて知らない以前の問題で、食事を平気で手摑(てづか)みで食べる私を見て、こんなのを帝宮で行われる成人のお披露目に出しても大丈夫なのか？　とお母様は深刻に悩んだらしいが、連れてきてしまったものは仕方がない。

初めて見る帝都は、いや、なんだこれ？　としか言えなかった。何しろ、それまで知っていた最大の町が領都なのである。あれが人口大体一千人。対して帝都は百万人だ。比較にならない。

何もかもが大きく、人がとにかく無茶苦茶にいて、うるさくて臭くてゴミゴミしていて目が回りそう。なんだこれ？　なんだこれ！

見るもの全てが新しく面白く、私は馬車の窓にピッタリ張りつき目をまん丸くしていた。お父様お母様はその様子を見て笑っていたが、市場に通りかかった時、我慢できなくなった私が馬車のドアをヒョイと開けて飛び出してしまったので笑っている場合ではなくなった。

私は馬車を飛び出ると裸足（はだし）のまま走り出した。一応「ちょっと見物してくるわ！」と言い残して。その時の服は生成りのブラウスに膝までのスカートにボディスというまったくの庶民服だった（それでも一応新品を着てきていた）ので、私はあっという間に人混みに紛（まぎ）れてしまった、らしい。

私は市場を隅から隅まで楽しみ、路地を走り抜け、大通りを見物し、壁をよじ登り、低くても五階建てという帝都の街並みの屋根の上を飛び跳ねて走り回った。

あまりに巨大な街過ぎて一日ではとても探検し切れない。むふー。すごいわここ。

そして日が暮れてきたので元の場所に戻ったのだが、当然だがそこにはもう馬車はいなかった。そりゃそうだ。

幸い、どうしたものかと悩んでいるところをお父様から依頼されて私を捜していた巡回の兵士に見つかり、無事に侯爵邸まで送り届けられた。父ちゃん母ちゃんならゲンコツをくれるところだが、お父様お母様は無事を喜ぶだけで一つも怒らなかった。なんだか物足りないわね。

だがしかし、さすがに勝手に出歩いてはいけないと真剣に諭されたので、私はそれ以降しばらくは大人しくしていた。父ちゃんからお父様お母様の言うことはよく聞くように言われていたしね。

侯爵邸には一応私のお部屋があった。一歳まで使っていた部屋らしいけどそんな記憶はもちろんない。モノはほぼなんにもなかったのだがベッドだけは運び込まれていた。どこかにしまってあった古いベッドだったらしいが、私はいつも藁を布で包んだだけのベッドで寝ていたからそのふかふかさに感動した。

そしてドレス。もちろんお姉様方のお古だ。私は末姉のヴェルマリアお姉様と体格が似ていたので、お姉様の子供の頃のドレスがピッタリだった。

ヴェルマリアお姉様は私の五歳上でこの時十八歳。縁談がなかなかまとまらず、この時はまだ侯爵邸に住んでいらした。ドレスを持ってきてくれたお姉様はせっかくだからと私のコーディネートもしてくれた。

いつもはタライに水を汲んでの水浴びしかしないのに、立派な陶器のお風呂に侍女三人の手を借りて入り、身体中をピカピカに洗われる。ろくに櫛を入れたこともない銀色の髪も丁寧に梳られ、香油を馴染ませてから、上品に結われた。化粧なんてしたこともなかったものを、せっかくだからとちょっとしてくれた。

仕上がった私を見てヴェルマリアお姉様は目をパチクリさせていた。

「ずいぶんと見違えたわ。さすがは私の妹ね」

姿見を見れば確かに「誰だこれ？」というレベルで別人に化けていた。

しかし、コルセットはきついし動きにくいし、ハイヒールは歩きにくい。こんなんでは狼に襲われたら逃げ切れないわね。とか思っていた。私は自分の美醜に一切関心がなかったから、お姉様やお父様お母様から綺麗になった、見違えたと言われても少しも嬉しくはなかった。

お披露目式の日まで私は一月半ほど侯爵邸に滞在し、一応はマナーの講師に基本的な礼儀作法を教わった。焼け石に水だったが。

普通の貴族令嬢が生まれた時から厳しく仕込まれている作法をこんな短時間で覚えろというのが無理筋だ。マナーの講師も匙を投げ「とりあえず何があっても微笑んだまま、しゃべらなければよろしいでしょう」と言い残して帰っていった。

それでも食事の際のカトラリーの使い方は私が器用なこともあってすぐできるようになったし、使う順番も覚えた。手摑みダメ絶対。

皇帝陛下への挨拶の仕方も練習させられて覚えた。

それを見てお父様お母様は「これならなんとかなるでしょう」とかなり楽観的なことをおっしゃって、私をお披露目に出す最終的な決断をされたのだった。

このお披露目式で、私の運命は大きく変わることになる。

【第2話】お披露目式での出会い

私は後になって、この時のお披露目式にもしも出なかったらどうだったかな、と何度も想像したものである。

出なかったら、まぁ、おそらくは予定通りに領地の有力者の子供と縁組されて、十八歳までには嫁に出されていただろう。農家か、商家か、狩人か、はたまた木こりか。その辺りの嫁になり、そして野山を駆け回りつつ子供を産んで育てて死ぬまで領地を出ることなく暮らしただろう。お貴族様とも皇族とも無縁の人生を送ったに違いない。

しかしながらこのお披露目式での出会いによって、私の人生は根本から捻(ね)じ曲がることになる。

お披露目の日、私はお古だがかなり上等な紺色のドレスを着せられた。毎日着させられていればさすがにドレスにも慣れはした。動きやすいようにこっそりコルセットを緩めて着崩す技も覚えたからなおさらだ。今ならドレスのまま木にも登ってみせるわよ。私がそんなことを考えているとは知らない侍女達は、仕上がった私を見て感嘆のため息をついていた。

「素敵ですわ！　お嬢様！」

「本当に。今日は殿方が群がってくるかもしれませんわよ」

ふーん。群がってきたらぶん投げてやろう、などと私が思っているとは思うまい。

私は促されて侯爵邸のエントランスへと向かった。ハイヒールにも慣れた。これはあれだ。獲物に気づかれないように爪先立って忍び足で歩く歩き方をすればいいのだ。

この一ヶ月、あまりにも暇だった私はお屋敷の中を隅々まで探索した。天井裏から床下まで。領地から持ってきた普段着で歩いていれば下働きの人達もまさかお嬢様だとは思わないから気さくに接してくれて、お手伝いをしたらお駄賃をくれた。

私はそれを持ってお屋敷を抜け出して帝都を探検し、買い食いをしたり小物を買ったりした。騒ぎになる前に何食わぬ顔をして戻るなど朝飯前だ。

お屋敷探検や帝都探検もまぁまぁ楽しかったが、いい加減飽きてきた。

帝都には森がなく、獲物がいない。なんだか見たこともないくらい大きなネズミやゴキブリはいたが。私はそろそろ狩りがしたいのだ。領地に帰りたい。

今日のこのお披露目とやらが終われば帰れるはず。私は最後のお勤め頑張るぞ！　と気合を入れて馬車へ乗り込んだのだった。

それまで私が知っていた、世界で一番大きな建物は領地のお屋敷で、二番目が帝都の侯爵邸だったが、帝宮はそれを上回ってダントツに大きかった。

帝都探検中になんかすごいのがあるな、と思っていたのだが、それが帝宮だったようだ。

帝都の奥まったところにある巨大な丘全体が帝宮の敷地で、磨かれた石で作られた登り難(にく)そうな城壁と塔に囲まれている。

馬車は馬鹿でかい門を潜(くぐ)るとしばらく花々の咲き乱れる庭園の中を走り、さらにその先の門を潜り、丘を巻いて上る石畳の道をガラガラ走り、そして少し小さいが豪華な装飾の施された門を潜り、また庭園の中を走ってようやく帝宮の本館に辿(たど)り着いた。

街のほうから見えたのは帝宮そのものではなく、帝宮付属のお役所群みたいな建物だったとあとで知った。

帝宮本館は概(おおむ)ね五階建てくらいの、一目で全体が視界に入らないほどの巨大な白亜のお屋敷で、色鮮やかな青い屋根が印象的だった。

屋根には彫像がいくつも飾られ、そこここが金ぴかに光り輝いている。馬車が軽く三十台は停(と)められそうな車寄せで馬車を降りた私は、あまりの豪華さ・巨大さに呆れて、しばらく開いた口が塞がらなかった。

お父様お母様はさすがに帝宮など来慣れているので、私を促してさっさとエントランスホールへと入って行く。

目に染みるような青の絨毯が敷かれたホールには既に数家の貴族達が家族でいて、お父様・お母様を認めると挨拶をしに来た。何しろお父様は侯爵だ。この日、成人のお披露目式に出る貴族の子女は二十五人いたのだが、実はその中で最上位なのは何を隠そうこの私、ラルフシーヌ・カリエンテ侯爵令嬢だった。

すると、私達のほうに若い、騎士と思われる男性がゆっくりと近づいてきた。男性と言うよりはまだ少年、子供に見える。お父様が目をやると、その少年は胸に手を当てる騎士の礼をして微笑んだ。

「カリエンテ侯爵閣下。初めて御意を得ます。私は騎士、セルミアーネ・エミリアンと申します。本日、お嬢様のエスコートを皇帝陛下より仰せつかりました」

ストレートティーのような、艶のある茶色の髪の少年だった。端正な顔立ちで、目を細めると青い瞳が優しい輝きを放つ。背丈は私より僅かに高い。かっちりとした紺色の騎士の制服を着ていて、身のこなしも機敏で隙がなかった。……こいつ、結構やるわね。強そう。

「おお、そうか。ではラルフシーヌをよろしく頼むよ」

「承りました」

そしてセルミアーネは私のほうを向き、跪いた。

「本日、あなたのエスコート役を賜りましたセルミアーネと申します。よろしければ私に御手をお預けくださいませんか？」

そして私のほうを見てニッコリと笑った。まだ少年の無邪気さを感じる笑顔だった。私は一応、今日の手順を聞いていたので、黙ってセルミアーネに右手を差し出した。

「ありがとうございます」

彼は私の指先に軽くキスをすると立ち上がり、私の手を取って先導して歩き始めた。


お披露目式では令息は一人で入場するが、令嬢にはその年に十六歳になり正騎士になった騎士の中から選ばれたエスコート役がつくのだ。セルミアーネはくじ引きの結果、私のエスコート役になったのである。

セルミアーネは時折私のことを見て、スピードを調節して歩いてくれた。まぁ、私はもうハイヒールで全力ダッシュできるけどね。お作法の先生が言ったようなしずしず歩きは最初からできないと諦めているし。

私は帝宮内部をキョロキョロ見回しながら歩いた。装飾が何様式だ、とかは全然分からないが、どこもかしこもキラキラしていて面白い。天井がむやみやたらと高く、シャンデリアが何個も吊り下がっている。あれにぶら下がって飛び移って回ったら気分がよさそうだ。

そういえばシャンデリアにはまっ昼間なのに火が入っているようだけど、領地の侯爵邸のロウソクと光の色が違う気がするわね。それと、室内なのになぜか僅かに風が吹いている気もする。変なの？

「ラルフシーヌ様は帝宮は初めてですか？」

セルミアーネが微笑みながら聞いてきた。「なんでこの人いつも笑っているんだろう？」と

この時の私は思っていた。貴族の表情は作り笑いが常識だなんて知らないわよ。

「そうよ。というか、帝都にも一ヶ月くらい前に初めて来たの」

「ご領地でお育ちになったのですか？」

「そう。は～。早く帰りたいわ。ここには森がなくて、狩りができないんだもの」

すると、セルミアーネが目を瞬(しばた)いて言った。

「ありますよ、森」

「え？　どこに？」

私は結構帝都を探検したけど、公園が何ヶ所かある以外はどこもゴミゴミと建物ばかりだったはずだ。

セルミアーネは微笑みつつあっさり言った。

「帝都の城壁のすぐ外に。東の門を出ると大きな森があります。狩りもできますよ」

うわ～マジか！　私が帝都に来た時は反対側の西門から入ったのだ。それで分からなかったのだろう。これは、ちょっと見ないでは帰れないわね。明日にでもお屋敷を抜け出して行ってみねば。

「ラルフシーヌ様は狩りをなさるのですか？」

「ラル、でいいわ。そうよ。狩りが好きなの！　ねぇねぇ。この辺にはどんな獲物がいるのかしら？　熊はいる？　赤い毛の大熊より大きい奴はいないのかな？」

　私が言うと、セルミアーネの微笑みが少し強ばった。

「く、熊？　ラルフシーヌ、ラル様は熊も狩るのですか？」

「ラルだけでいいわよ。赤い毛の大熊までは狩ったことがあるの。弓矢でね。黒い小さな熊なら槍で仕留めたことがあるわ。灰色の毛の大熊は赤い毛の奴より大きいって聞いてたから、いつか狩ってみたいのよね」

　セルミアーネがなんだか微笑みを硬直させている。だが私はまだ見ぬ大物に想いを馳せていたから気がつかなかった。

「その、灰色の大熊というのはキンググリズリーのことだと思いますが、あれは出たら騎士団が出動するような代物ですよ。とても狩りの対象にはなりません」

「あら、赤い毛の大熊も本来は兵士達が総出でやっつけると聞いたわ。あれを狩れたんだから灰色の奴も狩れるわ。多分」

　セルミアーネがさすがに微笑みを消して唖然とした。私は自慢げにふふふんと笑って言った。

「いつか竜も狩ってみたいのよ。北のほうにはいると聞いたわ？　見たことない？　竜」

「……竜は弓矢や剣では狩れませんよ。今は失われた大魔法とやらが必要だと聞きました。数年前に遥か北のキュアンの街に出たそうですが、半日で街が燃えてしまったのですよ。出たら逃げるしかありません」

「え？　本当にいるの!?　やっぱり！　うわ～！　すごいわ！　どうやって狩ろうかな！」

「私の話を聞いていますか？　ラル」

「聞いてるわよ、え～、セルミアーネ。めんどくさい。ミアでいい？」

セルミアーネは苦笑した。作り笑いではない笑い方をすると、途端に親しみやすい少年の笑顔になった。

「はぁ。いいですよ。ラル。あなたは本当に面白いお嬢様みたいですね」

◇◇◇

今日お披露目される二十五人は大謁見室手前の控えの間に集められた。この控えの間はこの部屋だけで領都の神殿と同じくらい広く、等間隔にたくさんの柱が立ち並ぶ中にソファーが点在していて、その一つ一つに令嬢や令息が行儀よく座って待っている。

私の側にいるのはセルミアーネと、世話係の侍女が二人。広いのでソファー同士の間はかなり離れていた。令嬢令息は皆、緊張して座っているようだ。べちゃくちゃ話しているのは私だけだった。私はセルミアーネと狩りの話題で盛り上がっていたのだ。

セルミアーネは帝都生まれだが、騎士だけあって訓練も兼ねて狩りをよくするそうで、話が合ったのだ。話を聞けばやはり領地の辺りとは動物の種類も違うらしく、手強そうな獲物もいるようだった。さすがに熊は狩ったことがないと言っていたが。

灰色の大熊はやはり赤毛の大熊より大きいらしく、矢も簡単には通らず、騎士団が出撃しても返り討ちに遭うこともあるとか。……ワクワクしてきた。是非狩ってみたい。

そうこうしているうちに時間になったらしい。令嬢令息が集められ、整列すると、豪華な装飾の施された大扉が厳かに開かれた。

扉の向こうは大謁見室で、控えの間よりは狭いが天井はさらに高い広大な空間だった。列柱の間に青い絨毯がまっすぐに伸びている。その左右には私の両親を含めた大勢の着飾った貴族達が立ち、絨毯の突き当たりには二十段ほどの御階があって、その上に席が二つある。あれが皇帝陛下と皇妃陛下の席だろう。

私が先頭で（何しろ一番高い身分なので）入場すると、貴族達が一斉に拍手をした。百人以上の大人達の拍手はなかなかの迫力で、私はなんだか楽しくなったが、後ろの令嬢の中には怯えて泣きそうになっている子もいたようだ。

私はセルミアーネにエスコートされながらニコニコしながら歩いた。セルミアーネと狩りの話をしてテンションが上がっていたし、こんなふうに注目されるのは初めてだったので楽しかったのだ。いや、領地で注目される時は悪さをして大勢の大人に追い回され怒られ、怒鳴られる時だったし。

「緊張しないんですか？　ラル」

　セルミアーネが少し硬い微笑みを向けてきた。

「なんで？　何を緊張するの？」

「……いや、いいです。本当に変わったご令嬢だ」

「それより、何をどうすればいいのか教えてよ？　なんにも分からないんだからね」

「それでどうしてそんなに堂々としていられるのかが不思議なんですが」

　私達は御階の前まで出ると跪いた。「右手を胸に当てて頭を下げる」と、セルミアーネが小声で説明してくれたのでその通りにする。「皇帝陛下のご許可が頂けるまでその姿勢を保つ」、ほうほう。

「皇帝陛下皇妃陛下、ご光来！」

　侍従が呼ばわって、左右の大勢の貴族が一斉に頭を下げる。しばらく待っていると、重々しい声が頭上から降ってきた。

「顔を上げよ」

　よし。ご許可が出た。私はひょいと顔を上げようとしたが、セルミアーネが鋭く小声で「ゆっくり！」と言ってくれたので、ゆっくりと顔を上げることができた。貴族の動作は何をするにもゆっくり丁寧に優雅にやるのがいいらしい。

顔を上げても高い御階の上にいる皇帝陛下はよく見えない。長身の、おそらく五十歳くらいの薄茶色の髪をした男性だ。顎髭を生やしている。……結構強そうだ。領地で一番強かった、私の師匠よりも多分強いな。

それもそのはず、あとで知ったが皇帝陛下は若い頃は猛将として戦場を駆け巡った戦士だったそうな。相手の強さを瞬時に見抜けないようではいい狩人にはなれない。私の勘はこの人は怒らせないほうがいいと告げていた。私は神妙な顔をして跪いていた。

「帝国の尊い一族に加わる者達よ。そなた達を全能神に代わって祝福しよう」

皇帝陛下がよく通るお声でおっしゃった。するとその隣の皇妃陛下も微笑みを浮かべながら声を上げた。皇妃陛下は黒髪の細身の方だった。

「おめでとう。あなた達の未来に全能神のご加護がありますように」

周囲の貴族達から再びワッと拍手が巻き起こり、奥のほうに控えていた楽団が祝いの曲を演奏し始めた。

正直、私は誕生日を祝われた経験すらないので、こういうふうに祝ってもらうのは悪い気分ではなかった。思わず万歳をしたくなるが、セルミアーネが横目で「大人しくしていてください」と訴えてくるのでここは自重だ。

「ではお一人ずつ上がってください。最初はラルフシーヌ・カリエンテ侯爵令嬢」

御階の手前にいた偉そうな人——帝宮の侍従長だったそうな——に促されて、私はセルミアーネと手を繋いで御階を上がる。階段の上り方にも作法があるはずだが、忘れた。ひょいひょいと上ってしまおう。セルミアーネは苦笑するだけで何も言わない。

御階の最上段に上がり、お席に座っている皇帝陛下と皇妃陛下にスカートを広げて一礼する。

皇帝陛下は思った通り目つきの鋭い、ものすごく強そうな方だった。ただ、笑顔は意外なほど慈愛に溢(あふ)れていて、優しい人でもあるようだ。

皇妃陛下もニコニコ笑っていて、こちらはそもそも優しい方なのだと思える。私は教わった通りにスカートを軽く広げて膝を沈め、頭を深く下げた。そして、教わった挨拶を暗唱する。

「全能なる神の代理人にして帝国の偉大なる太陽、いと麗(うるわ)しき皇帝陛下よ。私、ラルフシーヌ・カリエンテは陛下に絶対の忠誠を誓い、帝国の安寧(あんねい)のために全ての力を捧(ささ)げると誓います」

皇帝陛下は頷(うなず)かれ、私に右手を差し出した。

私は立ち上がって近づき、また跪くと陛下のお手を取り、指先にキスをする。また立ち上がり、今度は皇妃陛下の元に跪き、皇妃陛下の指先にキスをする。そして、セルミアーネの横に戻った。

ふう、これで終わり。多分間違いなくできたんじゃない？　と、自慢げにニヤッと笑ってセルミアーネを見上げる。

「カリエンテ侯爵の六女だったか？　今まで見たことがないような気がするが、帝都にはいなかったのか？」

いきなり皇帝陛下が話しかけてきた。事前に聞いていた段取りでは皇帝陛下にご挨拶して大臣に指輪をもらったらすぐに下がることになっていたはず。セルミアーネも若干驚いていたから普通の段取りにないことなのだろう。驚いた私は思わず素が出てしまった。

「ええ、そうよ」

「ラル！」

セルミアーネに注意されて私は失敗に気がついた。え〜っと……

「そ、そうでございます。カリエンテ侯爵領？　で育ちました」

皇帝陛下も皇妃陛下も面白そうに笑っているだけで別に怒ってはいなかった。結構この人達フランクな感じなんじゃない？

「そうか。さっきそこの者が愛称で呼んだようだが、以前からの知り合いか？」

「え？　ミアですか？　さっき初めて会いました」

セルミアーネがなんだか顔を真っ赤にして天を仰いでいる。なんだろう？

「さっき会ったのに愛称で呼び合うほど親しくなったのか？」

「え、普通じゃないんですか？　うちの辺りでは気が合えばすぐに愛称を教え合うんです」

「ということは気が合ったのか」

「ええ。狩りの話で仲良くなったのよ」

皇帝陛下は横に控えている大臣と立派な騎士様が困惑するくらいウケて、ククククっとお笑いになった。皇妃陛下もクスクス笑っている。

「そうなのか？『ミア』？」

「そなたにそのような可愛い愛称があるとは初耳ですね」

皇帝陛下と皇妃陛下がからかうようにセルミアーネに声をかけたが、彼はことさら謹厳（きんげん）な顔を作って正面を向いているだけだった。

この時、私に少しでも知識があれば、皇帝陛下が一介の騎士であるセルミアーネに親し気に声をかけたことを不思議に思ったかもしれない。

若干驚いたままの大臣から貴族の証になるという金の指輪（伯爵以上は金、それ以下は銀なのだそうだ）を頂いて、私は皇帝陛下と皇妃陛下に一礼してポンポンポンと御階を降りた。

あ、しまった。

セルミアーネは諦めたように苦笑しながら私の後をゆっくり降りてきた。

元の位置に戻ると、周囲の人や同じお披露目に出る子供達が目を丸くして私のことを見ている。

何？　キョロキョロすると、お父様お母様が今にも卒倒せんばかりの真っ青な顔をして私を凝視していた。？？？　何？

「私、何かしたかしら？」

「何の自覚もないというのがある意味すごいですね」

セルミアーネが心底感服したというような声で言った。

しかしながら彼は、私と出会ったばかりでまだよく知らなかったのだ。私が何かしでかすというのは、この程度で済むようなレベルではないのだということを。

【第3話】お披露目式での大騒動

お披露目式に出た全員が同じように皇帝陛下にご挨拶をして、指輪をもらって降りてくるのを私は立ったまま延々と待った。暇だ。

セルミアーネとお話をしようとしたら「さすがに儀式の間はお静かに」と止められた。

何しろ、成人とはいえ十三歳である。御階を上り損ねてずっこけたり、挨拶をど忘れして固まって泣きそうになったり、手順をすっぽかしたりと、ああ、私だけがダメなんじゃないじゃん、とある意味安心する光景が繰り広げられた。

ただ、皇帝陛下も皇妃陛下も余計なことは何一つおっしゃらない。声を発したのは私に対してだけだった。エスコート役の騎士にも声などかけない。

そうして全員の忠誠の誓いと指輪の授与が行われると、皇帝陛下達が退席され、私達も解散となった。とはいえそのまま帰れる訳ではなく、帝宮で開催される記念の宴に出なければならない。

私はタタタタっと走ってお父様お母様のところに行った。

「ちゃんとできましたよ。お父様お母様」

私が自慢げに言うと、お父様お母様はなぜか絶句した。そして、私を追いかけてきたセルミアーネに目を向ける。

「大丈夫です。侯爵閣下。皇帝陛下はご機嫌を損ねた様子はございませんでした。それどころかずいぶん楽しそうでいらっしゃいましたよ」

セルミアーネの言葉を聞いて両親はあからさまにホッとした表情を見せた。そして私の頭を撫(な)でてくださった。

「ま、まぁ。立派だったぞ。ラルフシーヌ」

「そ、そうね。まったく教育を受けてない割にはよくやったわ」

ふふん。私は得意気に胸を反らした訳だが、この時の両親の気分は如何(いか)ばかりだったか。

私は両親とセルミアーネに挟まれるようにして、帝宮の大広間に入った。

豪華絢爛(けんらん)な大広間は伝統を額縁に入れてはめ込んだように重厚な様式で、要するにもったいぶって古臭い。私には窮屈な感じでつまらなかった。

両親とセルミアーネと私で歩いていると、何度も何度も足止めをくらう。下位の貴族が次々に挨拶をしに来るからである。両親は慣れた感じで挨拶を返しているが、私はセルミアーネに教わってぎこちなく返礼する。私のことなんかほっといてほしいものだが、私は今日の主役の一人だ。そういう訳にもいかないのだろう。

「こんなお美しいお嬢様がいらっしゃるとは知りませんでしたぞ、侯爵」

「いつもは領地にいて、帝都にはあまり連れて来ないのだ」

「なるほど、秘蔵の末娘ということですか」

わははは、うふふふ、おほほほ、と世話話は尽きることがなく、その間私はボンヤリしているほかなかった。ほかの子女を見るに、その間中ニッコリと微笑みながら動かずにいるものらしい。

まあ、私には無理よね。ぶっちゃけ飽きた。もう耐えられない。私はセルミアーネの袖を引いてこそっと言った。

「なんとかして。ダメなら一人で脱走するわ」

セルミアーネは少し微笑みを引きつらせたが、彼も私のことを理解し始めたらしく、僅かに頷いた。

「侯爵閣下。お嬢様が席を外したいそうです」

これはつまりトイレに行きたいという意味なので、お父様はああ、と頷いて許可を出した。助かったわ。私はセルミアーネに手を引かれて貴族に囲まれた状態から抜け出した。

「ありがとう。ミア」

「でも、ああいう場でいろんな貴族に顔を繋いでおくのも令嬢には大事なことなのですよ？　ラルも成人したのですから、嫁入りのためにも顔を売らなくては」

　私は笑って言った。

「大丈夫大丈夫。私は領地で嫁に行くつもりだから」

「領地に貴族がいるのですか？」

「いないから、平民に嫁入りするんじゃない？　よく分からないけど」

　セルミアーネは目を丸くした。

「侯爵令嬢が平民に嫁入りですか？」

「多分ね。私もそのほうが気楽でいいわ。あんまり弱い男の嫁にはなりたくないけどね」

　セルミアーネは珍獣でも見るかのように私を見た。何よ。

「そんなことを言う貴族令嬢は初めて見ました」

「私、侯爵令嬢の自覚ないからね。領地では庶民の暮らししてるし。だから貴族じゃなくても全然平気。なんなら一人でも生きていけるわ」

　セルミアーネはもう呆れ果てたというような顔をして何も言わなかった。


　私達は軽食や飲み物が置いてあるテーブルのほうに行った。

　そこここで令嬢令息が何人か集まって談笑しているが、私は友達どころか知り合いもいない。

多分二度と帝都に来ることもなかろうし、新たに友達を作る気もしない。こんなニヤニヤ笑ってる弱そうな奴等なんて私の子分には不足だし。

私は軽食をとってもらい、モリモリ食べ飲みながら、セルミアーネとまた狩りの話をした。

「まさか熊を女性が狩るとは思いませんでした」

「あら、地元には私くらいの女狩人はたまにいるわよ。たくさんはいないけどね」

「ラルは狩人になるのですか？」

「別に決めてはいないわよ。農家の嫁になったら世界一の農家になりたいし、商人に嫁入りしたら全力で商人やるわ。私は半端は嫌いなの」

「ラルはすごいですね」

セルミアーネは感心したように微笑んだ。お世辞ではなさそうだが、私には何がすごいのかよく分からない。物事に全力で取り組むのは当たり前のことではないか。

「ミアだって騎士になったからには帝国で一番の騎士になりたいでしょう？」

セルミアーネはなぜか絶句した。？　なぜそんなに愕然(がくぜん)としているのか。

「……そんなふうには考えたこともありませんでした。そうですね。騎士たる者、帝国一の騎士を目指すべきなのかもしれません」

「そうに決まってるでしょ。あなた素質はありそうなんだから、今から頑張れば皇帝陛下より強くなれるかもよ」

なぜかセルミアーネはさらに驚いた顔をした。

「……皇帝陛下より、ですか？」

「そう。私が今まで見た人の中で皇帝陛下が多分一番強いわ。でも、あなたも強くなれそうなんだから頑張りなさいよ」

この時、私はセルミアーネより私のほうが強いな、と思っていたからちょっと上から目線だった。しかし、セルミアーネはなんだかすごく嬉しそうに微笑んだ。

「そうですね。頑張ります」

私はセルミアーネがなんで喜んだのかは分からなかったが、彼が嬉しそうにしているのはなんか私も嬉しかったので私も笑った。

そんな感じで美味しいものを食べて、気の合うセルミアーネとくだけた話をしてご機嫌だった私だが、「そろそろお父様お母様のところに戻りましょう」と言われて、仕方なく歩き出したところで〝それ〟が目に入ってしまった。

大広間の隅で、数人の少年が一人の少女を囲んでいたのだ。少女は泣いているようだ。背格好や着飾った服からして、今日のお披露目に出た者達だろう。成人と認められたとはいえ、まだまだ子供だ。姿形もやることも。

少女を囲んだ少年は嘲笑うような表情を浮かべており、近くにいる少女達も同様だ。

　私が思わず立ち止まり、眉をしかめると、セルミアーネも気がついたようだった。

「ミア、あれは何をしているんだと思う？」

　セルミアーネは微笑みを浮かべながらも、不快そうな口調で話すという器用なことをした。

「多分、身分の低いご令嬢を、高位の者がいじめているのでしょう。エスコートの騎士は何をやっているのか」

　見ると、騎士は心配そうな顔をしながらも手を出せないようだった。この時の私には分からなかったが、騎士よりも遥かに身分の高い家の令息だったので、止められなかったのだろう。

　少年達は口々に少女を罵(ののし)り、少女は顔を覆(おお)って泣くばかりだ。それだけでも私の忍耐力は限界だったが、少年が少女を突き飛ばして転ばせたところで堪忍袋の緒が切れた。

　私はセルミアーネの制止よりも早く駆け出した。


「こ〜ら〜っ!!」

　ハイヒールも既に私のダッシュの妨げにはならない。私は少年までの十メートルほどでトップスピードに達すると、そのまま地面を蹴った。

「女に手を出すとは何事だ！　恥を知れ〜!!」

　私の飛び蹴りが暴力少年の土手っ腹に炸裂(さくれつ)した。私の本気の蹴りは鹿を仕留めたことさえあるから、大分手加減はした。が、少年は軽々と宙を舞い、数メートル吹っ飛んだ。

「げふぇっ！」

とかカエルの潰れたような声を上げて少年は地面でバウンドし、動かなくなった。やり過ぎた？　大丈夫でしょ。あの程度で人は死なない。

見物していた周囲の少年、少女の目と口がまん丸になる。私は華麗に着地を決めると連中を睥睨した。

「あんた達もよってたかって一人をいじめるとか、卑怯者が！　私が相手になってやるからかかって来なさい‼」

そして、倒れていた令嬢の手を引いて助け起こす。先ほどまで泣きじゃくっていた彼女だが、今はなぜか呆然としたように泣き止んでいた。

「大丈夫？　怪我は、ないわね？」

「は、はい」

「あんたも！　なんで黙ってるの！　誇りを汚されたらいつもは大人しい犬だって牙を剝くものよ！」

「え？　その、身分が……」

あとで判明したが、彼女は最近叙爵されたばかりの男爵の令嬢で、男爵の子女は暗黙の了解としてお披露目に出ないものなのに、知らずにうっかり出て来てしまったために、因縁をつけられたものらしい。ちなみに私が蹴り飛ばした少年は伯爵令息だった。

「そんなもの、関係ないわ！　誇りを忘れたら生きたまま死ぬことになるわよ！　誇りを汚されたら戦いなさい‼」

私が怒鳴りつけると、男爵令嬢は下唇を嚙んで頷いた。よし。私はそして慌てて近づいて来た、彼女につけられた騎士を睨む。

「騎士なのに、守護を任じられた女性の危機に駆けつけないとは何事か！」

「は、いえ、その、身分が……」

「あなたは戦う相手を身分で選ぶの？　命懸けの戦いで、相手はあなたの身分なんて気にしちゃくれないわよ！」

私が言うと騎士はハッとしたように背筋を伸ばした。

「た、確かに……。申し訳ございません」

「よし！　じゃあ、ちゃんとこの娘を守るように！」

私は騎士に男爵令嬢を渡すと、改めて周囲を見回した。

「文句のある者は？　いないの？　その程度の根性しかないから女をいじめるようなことしかできないのよ！」

私はふふんとせせら笑って、立ち去ろうとした。すると、私の背後に気配を感じた。

大柄な少年二人が密かに近づき、飛びかかってきたのだ。

「甘いわ！」

私はむしろ喜んでこの挑戦に乗った。身体を沈めて少年達の手に空を切らせると、そのまま袖と襟を掴んでフワッと身体を回転させる。少年の一人目がたまらず奇声を発しながら宙を舞った。続けてもう一人に足払いをかけ、体勢が崩れたところを鳩尾に肘を突き刺す。少年は悶絶してひっくり返った。

この狼藉を見て、おそらく少年達の付き人や護衛騎士が慌てて駆けつけて、私に飛びかかってきた。特に騎士は私より大きく、強そうだ。私はもちろん大喜びだ。掴みかかってくる騎士を投げ飛ばし、蹴っ飛ばし、ぶん殴る。

騒ぎを聞きつけたのか大広間を守っていた騎士達も慌ててやって来て私を取り押さえようとする。おのれ、女一人に多勢とは卑怯なり。私はテーブルに飛び上がり、皿を投げつけ、テーブルを踏み台にしてシャンデリアを掴んで振り子のように飛び、手に持ったケーキを騎士の顔に叩きつけた。

久しぶりに楽しい時間だったのだが、大広間を飛び回っている野人令嬢がなんと我が娘だと気がついたお父様お母様が駆けつけて来て強制終了となった。残念。

お父様お母様も驚いたが、乱暴狼藉を働いた猿みたいな少女の正体が、なんと侯爵令嬢だったことを知ったその場の全員が仰天した。らしい。

ボロボロの格好になってしまった私はセルミアーネに連れられて先に部屋を出されたのでよく分からないのだ。その場の最高位であるお父様が一応謝罪したことで、事態は収拾がついたということである。

ドレスはボロボロになってしまったものの、私は久しぶりに大暴れできたのでご機嫌で、セルミアーネにエスコートされるというよりは手を引かれて、その手を振り回しながら鼻歌を歌いつつ馬車へ向かった。

帝宮にいる人がみんなあまりの異様な令嬢の姿に振り向いていたわよね。ただ、セルミアーネが紅潮した、興奮した顔で私のことをじっと見つめていたのは、なぜなのかよく分からなかった。

侯爵家の馬車が停まっている帝宮の車寄せに着き、私はセルミアーネにエスコートされて、というかなぜか手を放してくれないセルミアーネに手を引かれた状態で馬車に乗り込んだ。

？　セルミアーネも一緒に行くのかしら？

私は座席にポンと腰かける。すると、セルミアーネは私の前に跪いた。？？？　何？

セルミアーネはなんだか赤い顔で私の顔をじっと見つめ、そして握ったままだった私の右手の、手の平にそっとキスをした。私は目をパチクリさせた。手の平にキスをされる意味なんて知らなかったからね。

「ミア？」

「いいですか、ラル。私がその呼び名を許すのはあなたに対してだけです。そのことをよく覚えておいてください」

……なんでしょうね？

セルミアーネは私に向けて切なげに微笑むと、名残惜しそうに馬車を降りて行った。

はっきり言って、私がやらかしたことは大不祥事だったが、幸いなことに加害者たる私の保護責任者があの場で最上位の侯爵たるお父様であり、身分が低い被害者からは責任を強く追及し難かったこと。最初の段階で周りに大人がおらず、誰も詳しい事情が分からなかったこと。大怪我をした者がいなかったこと（もちろん私の手加減の結果だ）。私があまりにも乱暴過ぎて貴族の常識を外れ過ぎており、誰もが理解不能、関わりたくないという結論に達したこと。などからうやむやになった。

それでも私がこれからも社交界に出るのなら、その後の社交や侯爵家の立場に影響が及ぶのは避けられないところであったが、私は領地に帰ってしまうし、二度と被害者の前に出ないのだから問題なかろうということで不問に付され、お父様お母様が私を叱ることもなかった。

ただし、大事にしていた思い出のドレスをボロボロにされたお姉様からはしこたま怒られた。

そして長居させると何をしでかすか分からないということで、お披露目式の次の日には私は馬車に乗って領地へと帰ることになった。なんだ、帝都の森に行こうと思っていたのに。さすがに昨日の今日では抜け出す暇はもうなかった。


お父様お母様に抱擁されお別れすると、私は長距離用の馬車に一人乗り込み、ガラガラ揺られて領地への帰途へ就いたのである。

遠ざかる帝都の城壁を窓から眺めながら、まぁ、そこそこ楽しかったかな、と私は思っていた。いろんな新しいことが知れたし、貴族の真似事も遊びだと思えばまぁ、一回くらいはやっても損はなかったかなという感じだった。心残りは帝都の森で狩りができなかったことだが、二度と帝都に来ることもなかろうから、灰色の大熊と対決する機会はもうないだろうな。

そんなふうに帝都の日々を思い出していると、ふと、セルミアーネのことを思い出した。薄茶色の輝く髪を持つ少年。帝都で会った人物の中で一番好印象で、仲良くなれたと思える人物だった。

まぁ、もう二度と会わないだろうけど。だけど、最後のあれは、どういう意味だったんだろうね？　私は自分の右手の手の平を見ながら首を傾げた。

お披露目式から二年後。十五歳になった私は領地で相変わらずの日々を送っていた。
ただ、さすがにもう成人年齢を超えたし、私も子分達も悪ガキで済まされる年齢ではない。悪さはもうあまり大規模にはできなくなってしまった。
そもそも平民は成人年齢を超えたら本格的に仕事を始めるので皆忙しくなってしまい、子供の頃のように遊びまくる訳にはいかなかったのだ。子分達と遊ぶこともめっきり減ってしまった。そうなると私は暇になってしまった。

私は基本、一人で森に入って狩りばかりしていた。もちろんこれも仕事のうちで、毛皮や肉や牙を売るのも立派な収入になるのだが、そもそも父ちゃんは男爵であるし、お父様からはきちんと領地経営に対する給料をもらっている。質素に暮らしてはいるが、私が稼いで来ないと困るという経済状況にない。

なので私の稼いだ分は私のお小遣いになってしまうのだ。すると狩りをしていても、なんとなく半分仕事で半分遊びみたいな気分になってしまう。

そしてその頃にはもう、日帰りできる森の中は庭のように行き尽くし、めぼしい獲物は狩り

尽くしてしまっていた。(泊まりがけの狩りは父ちゃんが許してくれなかったのだ)
あんまり滅茶苦茶に獲物を狩ってしまうと動物の生態系に影響が出て森が大変なことになってしまうから、狩人にとって狩りのやり過ぎは禁忌だ。つまり私は狩りも思う存分できなくなってしまっていた。そもそも赤い毛の大熊もこの頃には単独で楽々狩れるようになってしまい、もはや面白くない。ワクワクしない。

仕方がないので私は父ちゃんの領地経営の仕事も少し手伝った。読み書き計算は父ちゃんに前から習っていたし、領地中を遊びまわっていたから領地内部の知識もある。書類整理を手伝ったり、有力者のところにお使いに行ったり、何かトラブルがあれば駆けつけたり、納税の季節には搬入される作物を記録して事前申告と差がないか確認したりした。

しかしながらこれも、そもそも父ちゃんが庭師の片手間でできていたぐらいなので、それほど仕事も多くない。領地屋敷の庭園の管理、お屋敷の管理などもかなり徹底的に覚えてしっかりやったのだが、私にはそれも大した仕事量ではない。終(しま)いには父ちゃんの仕事を全部取ってしまって「あんまり楽させると老けてしまうよ」と父ちゃんに笑われた。

家の炊事・洗濯・掃除も母ちゃんに代わって全部率先してやったのだが、それもあっという間に終わってしまう。

暇だ。マンネリだ。つまり私の一番嫌いな状態。退屈だ。

私は変化を欲していた。そもそも領地は田舎であるから変化が少ない。変化を嫌う。十年一日のごとし。何か新しいことを提案しても、領民にはまず却下された。

水車があまりにも古く非効率なので、商人に聞いた最新式の水車の導入を提案しても「使い慣れたものが一番だ。今さら新しいことを覚えたくないから変えないでほしい」と言われる始末なのだ。そんな土地で私が満足できるような劇的な変化など起こるはずがない。

変化と言えば、私はもう成人を過ぎたので、嫁入りの話はいろいろ来ていた。領地の有力者の中で歳（とし）の近い者が候補に挙げられているようだった。しかし、領地内なんて狭い世間である。私の悪名はかなり広く大きく轟（とどろ）いており、ぶっちゃけ知らぬ者はいなかった。

話を持ちかけられた大農家は「あんな野蛮な娘なんてトンデモねぇ」と断り、狩人協会の会長の息子は私の名前を聞いて震えあがり謹んで辞退したということだった。

ただ、私の名誉のために言えば「嫁に欲しい」という話もそれなりには来ていた。主に私より少し年上の人から。どうも私の子供の頃の所業をよく知らず、父ちゃんの仕事で、比較的きちんとした格好で領主代理として訪れた家の男性が私に惚（ほ）れる例が多かったらしい。

「あなたほどの美しい方を初めて見ました」とか「一目見て心を奪われました」と言われたこともある。どうやら私の容姿はそれなりに整っているらしい。ただ、どの話もなぜかお父様の許可が出ないようだった。

お父様お母様は相変わらず年に二回は領都のお屋敷に必ずいらしたが、どういう訳か年頃になった娘に、たくさん来ているはずの縁談の話を持ちかけて来なかった。同じ年頃の女友達は皆、早く結婚しろと親にせっつかれているらしいのに、それどころかどうもお父様は、縁談の話を避けている気配さえあったのである。

お母様に至っては来る度に私に服や宝飾品を持ってきて、私を着せ替え人形にして楽しんでは「お嫁に出すのは惜しいわね」とか言い出す始末だった。なんだかな。私は平民に嫁に出すために領地で育てられているはずなのに？

実はこの頃には侯爵家は、お姉様方を全員お嫁に出し終えて、財政に少し余裕が出てきていたらしい。それを知っていた父ちゃんは、煮え切らないお父様の態度を見て「もしかしたら貴族に嫁入りさせようとお考えなのかもしれないね」と言っていた。

えー、やめてよ。貴族の嫁になんてなったらまたあの窮屈なドレス着るんでしょう？　嫌よそんなの。私はこの時には本気でそう思っていた。

なんだか宙ぶらりんの立場になっていた私は、退屈を抱えて日々悶々としていた。こんな状態には耐えられない。どうにかしたい。なので本音を言えば早くどこへなりと嫁入りして、現状に変化をつけたいと思っていた。どこへ嫁入りしても新しい何かに挑戦できるはずだから、少なくとも退屈はせずに済むと思っていたのだ。

そんな日々が予想外の形で終わりを迎えたのは、私の十六歳の誕生日が近づいたある秋の日のことだった。

【第4話】二年越しのプロポーズ

その日、私は父ちゃんの用事のために馬で遠出して、帰ってきた時には日が暮れかけていた。侯爵邸の城壁にくっついて建てられている父ちゃんの家。その庭に入って行くと木に一頭の立派な黒馬が繋がれていた。桶に水をもらって飲んでいる。少し汚れていて疲れてもいるようだった。お客さんかな？　私は自分の馬を厩に入れるついでに干し草を抱えてその馬に持って行ってあげた。

身体についた干し草を叩き落として家の中に入ると、母ちゃんが若干緊張した顔で私に声をかけてきた。

「ラル。あんたにお客様よ」

私に？　私は首を捻りながらランプに照らされた居間に入った。そこにはテーブルを挟んで父ちゃんともう一人、若い男が座っていた。彼は私を見ると椅子をガタガタ言わせながら立ち上がった。

「ラル！」

……誰？　私の感想はそれしかなかった。

私より頭一つ分は大きな若者で、つまりかなりの長身だ。引き締まった体格は、優れた戦士を思わせ、実際多分騎士だろう。身なりがいいし庭に繋がれていた黒馬もいい馬だったから兵士ではないと思う。

非常に秀麗な顔をしている。さすがの私もこの頃には友達と恋バナに興じることもあったから（私自身は色恋沙汰には縁がなかったけど）、どのような男性が容姿がいいと評価されるのかは知っていた。

女性的でさえある輪郭にしっかりした鼻筋が通り、キツさはないが厳しさはある鋭く大きな青い瞳。優しく緩められた口元。薄汚れていても隠しきれないほどの美男子だった。

こんな美男子この辺にはいないし、垢抜けた感じもするから帝都からでも来たのかしら。でも私、帝都に知り合いなんていないしなぁ。そう思いながら、彼のボサボサの髪を見る。淹れたばかりの紅茶のような色の髪で、艶がある。それが記憶に引っかかった。

え？　驚き、彼の顔をもう一度マジマジと見つめるとやはり面影があった。この人、成人のお披露目式の時の人じゃない？

えーっと、名前なんだっけ。

「……ミア？」

「覚えていてくれたのですね！」

「ま、まぁ、一応」

喜色満面になったミア、そう、セルミアーネの勢いに若干引きながら、私は小さなテーブルの対面、父ちゃんの隣の椅子にガタガタと座った。

「久しぶりね。帝都から何か用事？」

私は話しかけながら父ちゃんをチラッと見た。いつも飄々としている父ちゃんがなんだか少し難しい顔をしている。お茶を淹れて持ってきた母ちゃんも不安そうだ。なんなのだろうか？

するとセルミアーネは少し姿勢を正した。ただし顔はこぼれんばかりの笑顔だ。美男子の満面の笑みはものすごい破壊力だわね。発光しているようにすら感じるわ。そしてセルミアーネはとんでもないことを言った。

「ようやく侯爵閣下のご許可が頂けました！　私と結婚してください。ラルフシーヌ！」

……は？

居間に沈黙が満ち満ちた。それはそうだ。唐突過ぎる。何しろセルミアーネと会ったのは二年前の春の、あのお披露目式の日だけ。いや、正確には半日だ。それしか面識がない。それ以降一度も会ったこともないのだ。その彼に突然プロポーズされても反応に困る。

しかしながら、今セルミアーネは変なことを言わなかったかしら？

「……お父様の許可？」

セルミアーネは頷き、それはそれは嬉しそうに言った。

「そうです。この二年間、何度も何度も侯爵閣下の元に通い、粘り強くお願いした甲斐がありました」

「本当にお屋形様は許可を出されたのですか？」

父ちゃんがぼそっと尋ねた。あまり機嫌はよさそうではない。セルミアーネは頷き、懐から一通の手紙を出した。

「ハイ。こちらで信じて頂けなかったら困るからと、一筆頂きました」

父ちゃんは手紙を広げ、目を通すとふうっと息を吐いた。

「確かにお屋形様の筆跡で、侯爵家の印章も入っていますな」

私も見せられたが、領地管理の公文書に記されているのと同じお父様のサインと印章があり『セルミアーネ・エミリアンとラルフシーヌの結婚を認める』と要約できる文章が、貴族風の装飾過剰な文体で記されていた。確かにこれは本当にお父様が私をセルミアーネと結婚させることを認めたようだ。

私が呆然としていると、父ちゃんがセルミアーネに質問を始めた。

「お屋形様のご裁可(さいか)であれば否(いな)やはありませんが、いつお嬢様と面識を持たれたのですか？」

父ちゃんが私をお嬢様と呼んだのはこれが初めてで、私は衝撃を受けた。思わず父ちゃんを凝視するが、父ちゃんはこっちを見ない。

「二年前の春のお披露目式の時です。私はラルフシーヌ様のエスコート役を仰せつかりました」
「なかなか衝撃的なお式だったと伺っておりますが、そこで見初められた、という訳ですか」
「そうです。未だにあの時の衝撃は忘れません。あの時、私はラルフシーヌ様を私の妻にすると心に誓ったのです」

一体全体、宴の席で大立ち回りを演じた野人令嬢をどうして嫁に取る気になったのか？と激しく疑問に思う。しかしセルミアーネはニコニコとしながら続けた。

なんでもあの宴の時の私に強烈な印象を受け、自分の妻は私しかいないと強く思い込んだセルミアーネは、次の日の夕方に侯爵邸を訪れて私への求婚を申し込んだらしい。ところが私は既に帰ってしまっていておらず、お会いしたお父様は「あの子は領地で嫁に出す予定だ」とセルミアーネの求婚を断った。

しかしセルミアーネは諦めきれず、その日から侯爵邸に毎日のように通っては私を嫁にくれるようにお父様お母様に頼み込んだのだそうだ。

任務や訓練や実戦で遠出することも多い騎士であるから毎日ではなかったらしいが、帝都にいる時は仕事が終わったら毎日必ず顔を出し、お父様お母様に会えなければ執事長に伝言を託して、それはもうひたすらに私への求婚を繰り返したのだそうだ。

お父様は「ほかにも縁談が来ている」と言ってなかなか了承の返事をくれなかったが、丸二年以上も日参するセルミアーネの情熱に根負けして、先日ついに結婚の承諾を与えたのだそうだ。

なんというか、私の何が彼の情熱スイッチを押してしまったのか全然分からないのだが、とりあえずものすごく私を求めてくれているのは分かった。だが私は、ものすごく微妙な気分だった。

「分かりました。……どういたします？　お嬢様？」

父ちゃんがまた私をお嬢様と呼んだ。うぐぐぐ。理由は分からないではない。セルミアーネがお父様の許可を得てきた以上、私はもうセルミアーネの婚約者だ。つまり、侯爵家から半分以上嫁に出された身となる。そうなると、お父様から私を預かっていた間には親としての振舞いが許されていた父ちゃんだが、セルミアーネの婚約者になった私には親として接することができないのである。

理屈は分かるが、ずっと親だった人に突然他人として接せられたことに納得できず、私は唸りながら涙目になってしまった。それを見て父ちゃんがため息をつく。

「エミリアン様。突然のことにお嬢様も混乱しているようです。少しお時間を頂いて、別室で話してきてもいいでしょうか？」

「あ、ああ。もちろん構いません」

私は父ちゃんに促され、母ちゃんも含めて三人で台所に行った。この家には居間、客間、父ちゃん母ちゃんの寝室、私の部屋しか部屋がない。内緒話ができそうな場所が台所しかなかったのだ。

ごく狭い台所。鍋釜が吊り下がり、竈（かまど）には火が揺れている。干してあるニンニクの匂いがした。私は台所に入るなり、父ちゃんに抱きついた。父ちゃんは苦笑したが、ちゃんと抱き返してくれた。少し安心する。

「……お屋形様のご許可がある以上、拒否はできないよ？　ラル」

「分かってる」

分かっているのと納得しているのは違うけどね。納得できない私がグリグリと父ちゃんに甘えていると、母ちゃんがしんみりした声で言った。

「まさかこんなに急に嫁入りが決まるとはねぇ」

「仕方がないさ。見た感じ、いい騎士のようだし、お屋形様が認めたのなら将来も有望なんだろう。あれだけ可愛いとおっしゃっていたラルを下手なところに嫁がせはしまいから」

父ちゃんが言うと、母ちゃんは私の頭を撫でてくれた。

「そうね。寂しいけど、ラルのためだものね」

う、そうしんみりと言われると、私も寂しさを自覚してしまう。セルミアーネのところに嫁入りするとなると、私は帝都に行くことになる。そうするともう父ちゃん母ちゃんにおいそれとは会えなくなるのだ。帝都はあまりに遠いし、私は嫁に行けば侯爵領とは関わりがなくなるから、二度と会えない可能性すらある。

ちょっと待って。私は何度も嫁入りのことは想像したが、領地の中で嫁入りするつもりだったから、父ちゃん母ちゃんに二度と会えなくなるなどと考えたことはなかった。

父ちゃんは今年で四十五歳だ。髪にも白髪が目立ってきた。さんざん苦労をかけて来たのだから、ちょっとは恩返ししなきゃね、と最近は思っていたのだ。それがもう会えないかもしれないなんて。

ハッと顔を上げると、父ちゃんの垂れ目と目が合った。苦笑しながら私の頭を撫でてくれる。

「だから、拒否はできないよ。大人しく嫁に行きなさい。ラル」

ううう、頷くしかないのだろう。だがしかし、なんか納得が行かない。お父様が認めたから仕方がない、じゃないわよ！　父ちゃん母ちゃんの気持ちが一つも考慮されていないじゃない。そして何より、私の気持ちはどうなのよ！　そりゃ、私だって結婚は親が決めることだと知ってはいるけど。

フツフツと怒りが湧き上がってきた私は父ちゃんから離れると、怒りに任せた勢いのまま居間に駆け込んで叫んだ。

「私！　あなたと結婚したくありません！」

セルミアーネは文字通り飛び上がった。真っ青な顔をしてオロオロしている。

「な、なぜですか？　ちゃんとお父様の許可も頂いて来たのに？」

「お父様の許可があればいいの？　私の気持ちはどうしてくれるの？」

「いや、その、私はあなたに何度も求婚して」

「私にじゃなくてお父様にでしょう！　私にはあれから一度も会いに来なかったし。文の一つも寄越さなかった癖に！」

絶句して立ち尽くすセルミアーネに私は、怒りに任せてテーブルをバンバンと叩いて吠えた。

「そもそも私はあなたに好きだとも愛しているとも言われたことがないわ！　そんな人のところにいきなり嫁には行けません！　お帰りください！」

セルミアーネはその言葉にさらにショックを受けたようだった。ガックリと肩を落としてしまう。美男子が台なしだ。だが、なんとかという感じで言った。

「い、意思表示はしました。ラルを愛しているという気持ちは込めたつもりです」

「へ？」

「あの日、お別れの時に手の平にキスをしたでしょう？　あれは最大限の愛情を示すキスです。プロポーズの意味さえあります」

……忘れてはいなかったけど、そんな意味合いがあったなんて初耳だ。

「そんなの分からないわよ」

「多分そうだと思いました。だから次の日に、改めてプロポーズするために侯爵邸に急いで行ったのですが、ラルはもう帰ってしまった後だったのです」

確かに問題事を避けるために、次の日の朝に帝都を出立したのだった。

「私は正式に騎士になったばかりでまだまだ修行中の身でしたから、とてもあなたを追いかけて行く訳には行かなかったのです」

セルミアーネの弁明では、休暇を取って私に会いに行こうにも、頑張っても馬で往復十四日はかかるカリエンテ侯爵領は遠過ぎた。新米の身でそんなには休めない。

私が帝都に来たら、と思っても私はまったく帝都に来る気配がない。

それならせめて文をと思っても、個人的に郵便を仕立てるとなるととんでもないお金がかかる。侯爵領行きの荷物に便乗させようにも伝手（つて）がなくて難しい。最後の手段として侯爵家に託そうともしたのだが、求婚者の手紙を私に見せたくないと断られたのだそうだ。

「ラルは多分知らないでしょうが、ラルへの貴族の求婚者は結構多かったのですよ」

「え？　そうなの？」

なんでも、私が宴の席で助けた男爵令嬢が私のことを英雄か女神かのように下位貴族の社交界で喧伝したのだという。あの宴には下位貴族はその男爵令嬢しか来ていなかったため、私が野人のごとく暴れ回ったことはあまり知られず、ただ正義感に溢れ、身分による横暴を許さない素晴らしい令嬢だという虚像が知れ渡ったらしい。

下位貴族を蔑視しない侯爵令嬢。しかも六女なら下位貴族の家に嫁入りしてもらえるかも知れない。侯爵家と繋がりを作るチャンス。そういう下心もあって、お父様の元には下位貴族の家から縁談の打診がいくつも届いたのだった。

道理で領地に来た時、お父様が縁談の話をしたがらなかった訳だ。特に例の男爵令嬢の兄が妹の恩もあって熱心に求婚していて、彼がセルミアーネの最大のライバルだったとか。私の知らないところでそんな争いが繰り広げられていたとは。

セルミアーネは騎士で貴族階級としては最下位だ。だが一方の男爵令息も現男爵が授爵して家を興したばかり。二人とも身分はどっちもどっちだった。なのでセルミアーネは侯爵邸に日参すると共に、騎士として出世することに注力したそうだ。積極的に任務をこなし、山賊退治などに志願して出征。見事手柄を立てて勲章も受け、最年少で十騎長に任命されたのだとか。それは確かにすごい。

結局、その叙勲式をお父様が列席して見たこと。その時に会った騎士団長が激しくセルミアーネを誉めたことが決め手となり、将来有望で騎士団長の覚えもめでたいならまだまだ出世するだろうし、あれほど熱烈に私を愛しているなら私を粗略には扱うまい、よかろうと、お父様が婚姻の許可を出したのだそうだ。

「ラルが言ったではないですか。騎士になったからには帝国一の騎士を目指すべきだと。私はあの日以来、帝国一の騎士を目指して必死に努力しました。今では若手一の騎士と言われています。ラルのおかげです」

うぐ。確かに言った。皇帝陛下を超える騎士になれるよう頑張れと。その私が任務を放棄して私に会いに来るべきだった、とは言えない。そしてまったく私の与り知らぬことだったとはいえ、セルミアーネが私を嫁にするために全力で頑張ったのは事実らしかった。それを否定したくはない。

「……そもそも、ミアは私のどこがよかったの？　あなたの前では私は乱暴狼藉を働いた記憶しかありませんけど？」

私が言うと、セルミアーネはよくぞ聞いてくれましたと言わんばかりに顔を輝かせた。美男子のキラキラ笑顔。さすがの私ものけぞったよね。

「私はラルがあの時、少年に飛び蹴りを放った時。本当に感動したのですよ」

どこに感動する要素があったと言うのか。あの手加減十分のヘナヘナキックに。

「私はあの時、男爵令嬢がいじめられていることを知りながら『身分差があるから仕方がない』と思ってしまいました。でもラル、あなたは違いました。見知らぬ令嬢がいじめられている、それを確認しただけですぐさま助けに向かいました」

確かに身分がどうとかは考えなかったが、それはそもそも身分というものが分かっていなかったからだ。今もよく分かっていないけど。

「自らの信じるところを臆せずに実行し、自らの誇りを忘れた者を叱咤激励し、自分より大きく大勢の相手にも勇敢に立ち向かう。その美しい姿を見て私がどれほど感動したか分かりますか？」

確かに私のやらかしたことではあるが、そういうふうに言われるとなんだかどこの誰の英雄譚かと思ってしまう。なんだかものすごく誤解があるような。

「私は自分のしたいようにしただけですよ？　そこまで考えていませんでした」

「そんなことは分かっていますよ。だからこそ尊いのです」

セルミアーネは私の側まで来て、うっとりと笑って私のことを見下ろしていた。二年でずいぶん背が高くなった。漂う雰囲気も迫力がある。あの時も既にかなり強いと思っていたが、今の彼には私はもう素手では勝てないだろうと思えた。

「あの時私もあのように強くなろうと、身分差で自分を曲げない人間になろうと誓ったのです。そしてその私の側にラル、あなたがいてほしいと思ったのです」

ミアは私の手を取った。私はなんだか気圧されてしまって、避けることができない。

「直接の求婚が遅くなったのはすみませんでした。でも、信じてほしい。私はあの日からずっとあなたのことを愛しているのです。ラル。私と結婚してください」

うぐっ、直球のプロポーズに思わず息が詰まる。

それはもう彼の誠意の塊のような言葉で、さすがに言下に断ることなどできない。握られた手からセルミアーネの温もりが伝わってくる。彼の柔らかく微笑む青い目から目を逸らすことができない。

しかしだからと言ってプロポーズに即座に応じられもしない。彼の想いは信じられても、結婚はそれだけではない。特に私はよく知らない帝都に父ちゃん母ちゃんと遠く離れて嫁ぐことになるのだ。

しかし、そんな私の逡巡はセルミアーネにはお見通しだったのだろう。彼はニッコリ微笑むと言った。

「大丈夫です。ラル。帝都に嫁いでも、いつでもここに里帰りできるように、侯爵閣下と話をしてあります」

「え？　そうなの？」

「はい。だってあの時、あなたはここの育ての父母を非常に慕っていると言っていましたから。そんな大事な人達と会えなくなるようなことにはしません」

少し心が軽くなった。それほど頻繁には無理としても、セルミアーネとお父様の許しがあるのなら、比較的自由に帰ることが許されるだろう。

「それと、私は一介の騎士ですから、あなたに淑女であることは求めません」

「どういうこと？」

「社交界なんかに出る予定はないので、庶民の暮らしをしましょう、ということですよ」

それは、助かる。私は何しろ野蛮であるから、貴族になれと言われるのが一番困る。

「狩りに行きたければ行ってもいいですよ。もちろん、私も行ければ同行します」

う、心が動いた。あの時結局行けなかった帝都の森。その未知の森を探索して、見たことのない獲物と対峙できるというのは、狩人の血が騒ぐ誘惑だった。


ソワソワし始めた私を見て、セルミアーネの目が光った。

「キンググリズリーの情報もラルのために集めました。是非、一緒に狩りに行きましょう」

赤い毛の大熊より大きいという熊。夢の大物。うう、狩りたい。戦いたい。

「さすがに竜の情報はありませんが、騎士団で出世すれば昔の討伐の情報も見られるはずです」

竜！　伝説の大物。狩れば竜殺しの二つ名を授かるという、狩人の憧れ。遭遇することすら容易ではないらしいが、少しでも情報があればチャンスがあるかも。

「ほかにも、ラルがやりたいと思うことはなんでも叶えられるよう、協力します。私にはもう親がいませんから嫁姑の問題もありません。あなたを縛るような真似はしません。だからお願いです。私のところにお嫁に来てください」

セルミアーネはとにかく、最大限の譲歩を見せてくれた。どうしてそんなに私を嫁にしたいのか、一切理解できないが、彼の本気はよく分かった。私のことをすごくよく理解していることも。

セルミアーネとの結婚はお父様の許可が出てしまっている。私が何を言ってももう多分覆ら
ない。いや、私に甘い両親だから、泣いて嫌がれば取り消してくれるかも知れないが、私は泣くほど嫌だという訳でもないようだ。

セルミアーネと気が合うことは分かっている。彼といて不快になったこともない。そしておそらく私より強く、頼りになりそう。

この縁談を断って、セルミアーネより好条件の男がやってくるかどうかは分からない。平民の場合、ものすごい亭主関白な場合も少なくないから、結婚したら自由がなくなる例も多いらしい。逆に貴族に嫁入りしたらおそらく貴族夫人としての振る舞いを求められるだろう。狩りなんてとんでもないということになるに違いない。

そう考えると、セルミアーネはかなりの好条件だという気がしてきた。これだけ私を求めているなら大事にしてくれるだろうし。私は正直に言って恋愛感情というものがよく分からないから、セルミアーネのことを愛しているとは言えないが、いつか結婚しなければならないのなら、私の自由な振る舞いを許してくれるところに嫁に行きたい。

「今、言ったことに二言はありませんね？　ミア」

「もちろんです。私は生涯、あなた一人を愛すると誓います。偉大なる全能神に誓って」

セルミアーネは厳かに誓い、額に指先で円を描いた。全能神への誓いは絶対だ。私は決断した。

「……分かりました。あなたの求婚を受けます」

その瞬間、セルミアーネがガバッと抱きついてきた。反射的に肘打ちを入れそうになり、我慢する。さすがにここでセルミアーネを悶絶させたらマズい。

「ありがとう！　ラル！」

ぐぐぐっとかなり強く抱き締められて、彼の万感の想いはよく伝わってきた。私はなすがままにされながら内心ため息をついていた。まぁ、仕方ないわよね。仕方ない。正直、自分が結婚するなんてまるで実感がないし、不安だらけ不満だらけだけど、結婚しなきゃならないのだから仕方ない。まだマシな夫に出会えたのだと納得するしかない。

ただ、プロポーズに応えたことで自分の未来に新しい道が開けたような気がした。退屈だった毎日が終わり、新しい風に当たったような気分になり、それは喜ばしかった。

……この時セルミアーネが私にした約束が、結局半分くらいしか守られないという結果になることを、私は知る由（よし）もなかった。

【第5話】二度の結婚式

私とセルミアーネは三日後、故郷を旅立つことになった。

セルミアーネは叙勲の褒賞として一ヶ月の休暇をもらっていた。行きは全速力で飛ばしてたったの七日で来たので、日程に余裕はあるとのことだったが、よく考えたら新しい生活を整えるのになるべく日数があったほうがよかろうという話になり、慌ただしい旅立ちになったのだ。

私は部屋の物を荷造りしたものの、帝都へは騎馬で行くので全部は持って行けない。最低限を持って行き、残りは納税のタイミングで帝都の侯爵邸に送ってもらうことにした。

小さな部屋の私物であるから、それほど大した量はない。半分以上が狩猟用具だ。

片づいてしまった部屋を見ると、家を出ることを嫌でも実感した。ベッドに座って部屋を見回していると、母ちゃんが部屋を覗き込んでいるのに気がついた。

四十を超えて少し太った母ちゃんは、焦茶色の髪に白いスカーフを巻き、ワンピースに白い前かけをしている。もう何年も同じような格好だ。男爵夫人なのだが完璧に農家のおばちゃんの格好で、実際近隣の農家を毎日のように手伝っている。私と目が合うと、母ちゃんは遠慮がちに部屋に入ってきた。

私は立ち上がって母ちゃんに抱き着いた。どうも結婚が決まってから父ちゃん母ちゃんに甘えたくて困る。嫁入りすれば私はもう完全に大人と見做(みな)され、二度と甘えることはできないだろう。そう思うとつい甘えたくなる。二度と会えないかもしれない、という不安があるせいでもある。

「どうしたの？　ラル」

「うん……」

母ちゃんは私の頭をポンポンと叩いた。

「そんなことではいいお嫁さんに、お母さんになれませんよ。女は甘えるんじゃなくて甘えさせるようでなくては」

「父ちゃんも母ちゃんに甘えるの？」

「もちろんよ。夫を甘えさせてこそ、いい妻ってものなのよ？」

父ちゃんが母ちゃんに抱き着いて甘えている様子を想像して私は吹き出した。私と母ちゃんは少しの間一緒に笑った。

「……私がいなくなっても、平気？」

今では父ちゃん母ちゃんの仕事をかなり私が手伝っているという自負があった。父ちゃん母ちゃんには実の子供がいない。私がいなくなったらそろそろ老境に入る二人は仕事をこなせるのだろうか？

「大丈夫よ。本当はね、あなたにいろいろ教えるために私達は仕事量を抑えていたのよ。ふふふ、私達を甘く見ないで頂戴。まだまだあなたには負けませんからね」

そうね。この私をひっ捕まえて引っぱたいて言うことを聞かせるなんて真似、父ちゃん母ちゃんにしかできないわよね。何度殴られたか分からない。悪ガキでごめんなさい。そんな父ちゃん母ちゃんを私が老人扱いしてはいけないわよね。私は全身の力を抜いた。

「それより私はあなたが心配よ？　ラル。帝都に行ってまで狩りばかりしていてはダメよ？　ちゃんと奥さんのお仕事もすること。口より先に手が出る癖も直さなきゃダメ」

「分かってるわよ」

私が唇を尖らせると、母ちゃんは優しく私の頭を抱いた。

「幸せにね、ラル。あなたの幸せを毎日全能神にお願いしておきますからね」

「母ちゃん……」

「あなたのような娘がいて私達も幸せでした。侯爵様と全能神に感謝を」

出発前日、宴が開かれた。

当初は父ちゃん母ちゃん私とセルミアーネだけの内輪の結婚披露宴をするつもりだったのだ

が、話を聞きつけた人々が領都だけでなく近隣の村からまで駆けつけて来て大騒ぎになってしまった。

父ちゃんの家では全然広さが足りないということで、急遽（きゅうきょ）領都の広場が会場に設定され、あれよあれよという間に酒と料理が山のように持ち寄られ、飾りつけられ、お祭りのようになってしまった。このお祭り好きどもめ。変化の少ない日常を送っている田舎の連中は、ちょっとしたことをすぐにお祭りに変えてしまう。

ただ、今回の場合、私の子供時代からの子分達が本気で別れを惜しんでくれて、それこそ泣きながら「最後の餞（はなむけ）だから」と全力でお祭り騒ぎにしてくれたようだった。私の子分は百人からいるからね。すごい騒ぎになった。

女友達も涙で別れを惜しんでくれると同時に「私達がラルの結婚式に出られないなんて許せない！」と叫んで婚礼衣装をどこかから調達してきて、嫌がる私を捕まえて無理やり着替えさせた。

おかげで私は白に紫のラインが入った花嫁衣装姿。ついでにセルミアーネも誰かから借りてきた騎士の礼服を着せられていた。セルミアーネの身体にはちょっとサイズが小さかったが。

そして会場になった広場に私達が押し出されると、大歓声、悲鳴、怒号で阿鼻叫喚（あびきょうかん）の大変な事態になった。みんな酒が入っているので遠慮がいつもよりさらにない。おめでとうなのかこの野郎なのか、幸せになれよなのか、もう二度と帰って来るんじゃねぇぞなのか、よく分からない言葉と手足にもみくちゃにされてしまう。

　こら、借り物の衣装が汚れる！　私はしつこい連中をぶん投げ、押しのけ、蹴り飛ばした。見るとセルミアーネも笑いながら飛びかかって来る連中を放り投げ、殴り倒していた。

　大声のヤジの中で酔っ払った司祭から私達が祝福をもらうと、お祭りはヒートアップした。それからはもう滅茶苦茶である。私もセルミアーネも無茶苦茶に飲まされ、食べさせられ、歌わされ、踊らされた。女友達や子分達はみんな泣いていて、私も終いには皆と抱き合って大泣きだ。

「ラルを攫って行くとは太い野郎だ！」とセルミアーネは大勢の男共から殴りかかられていたが綺麗に全員を返り討ちにしていた。ついでに呑み比べにも全勝して平気な顔をしていた。この人、もしかしたら酒も私より強いかも知れないわね。

　大騒ぎは夜半まで続いて、翌日日出発の私はセルミアーネに引っ張られてなんとか抜け出した。さすがの私もクタクタだったので、家に帰ってすぐ寝てしまった。本当は最後に父ちゃん母ちゃんに感謝の言葉を贈りたいな、などと思っていたのに。

　翌朝、なんとか起きて、父ちゃん母ちゃんと抱き合って別れを惜しむと、私は領都を旅立った。父ちゃんも母ちゃんは微笑んで、家の庭先でずっと手を振ってくれて、私も何回も振り返って見えなくなるまで手を振った。

領都の境では二日酔いどころかまだ酔っ払ったままの連中が大声で叫びながら別れを惜しんでくれた。私は彼らにも手を振りながら、長年住み慣れた故郷に別れを告げた。

私は結局、父ちゃん母ちゃんの生きているうちにはここに帰って来られなかった。セルミアーネが約束を破ったのではない。それどころではなくなっただけである。

帝都まではゆっくりと行ったので十日かかった。

セルミアーネは「ハネムーン代わり」と言っていたわね。馬を並べてゆっくり歩きながらいろんな話をした。私の話、セルミアーネの話、そしてこれからの話だ。

セルミアーネは今は使っていないが母親から継いだ邸宅を帝都に所有しているので、そこが私達の新居になるとのこと。帝都に着いたら私は侯爵邸に入り、一週間ぐらいしたら神殿で結婚式をやり、そして新婚生活を始めることになった。

私が前回お披露目式のために帝都に行った時は馬車だった上、中で半分くらい寝ていたからよく分からなかったが、草原や森や村々を抜ける変化に富んだ道中は、非常に面白かった。

弓矢は持って来ていたので、途中で少し狩りをした。私のことをよく分かっているセルミアーネは事前にここではどんな獲物が獲れるかを下調べしていて、珍しい獲物をいくつか射ることができた。

そしてこれも私のことをよく分かっているセルミアーネは、野宿を道中に組み込んだ。普通は花嫁を野宿なんかさせまいが、私は狩りでよく野営もしたので別に苦ではないどころか楽しんだ。もちろん寝床は別ですよ。野盗に寝込みを襲われたのを二人で返り討ちにして役人に突き出したのもいい思い出だ。


この旅は、これまで半日しか付き合いがなかったセルミアーネを理解し、関係を深めるのに非常に有意義なものだった。協力して狩りをし、助け合って野宿の準備をする中で、私はセルミアーネの能力や性格を大体把握できた。

少なくとも婚約者を道中で無理やり手籠めにするような男ではなかったし、それどころか私を要所要所では非常に大事に扱うほかは敬意をもって放置してくれるという非常に私好みの扱いをしてくれる人だった。そしてやはりものすごく武勇に優れている。悔しいがこれは正面からでは勝てまい。

そうして楽しく旅をして、私は二年半ぶりの帝都にやってきたのだった。古めかしい城壁に囲まれた巨大都市。数百年の歴史と百万の人口を誇る帝国の中心。私はここを第二の故郷として死ぬまで過ごすことになる。

私は帝都の侯爵邸に入った。騎馬で、しかも旅塵で汚れ放題の私を見て「花嫁の自覚があるんですか！」と出迎えてくれた侯爵邸の侍女長が怒っていた。

セルミアーネとは一旦お別れだ。一週間くらい後に帝都の外れにある小さな神殿で結婚式を挙げることになっている。

その時会おうね、と名残惜し気に私の手の平にキスをして、彼は去って行った。

お風呂に入れられ、さっぱりした私はお父様・お母様のところに行った。お姉様のお古のドレスを着てすっかりお貴族様仕様の格好で、かなり窮屈だ。

しかしその私を見て「嫁に出すのは惜しい」とお父様が肩を落としていた。お母様も「もう少しいい家にもやれたのに」と残念がっていた。いや、あんまりいい家に嫁に出したりしたら侯爵家の恥になるからやめてほしいです。

一族揃っての晩餐を食べながら、お父様はセルミアーネがどれほどしつこく執念深く求婚を繰り返したかを苦々しく語った。お父様はセルミアーネが求婚に訪れても、騎士なんかに嫁に出すつもりはないからと彼に会わなかったらしい。

しかしセルミアーネは、お父様に会えないことが分かっていても毎日のように侯爵邸にやって来て、最初は使用人と仲良くなるところから始めたらしい。なんという長期計画。その様子を侍女から聞いたお母様とお姉様が、面白がってセルミアーネと会ってみたのだそうだ。お母様達は滅多にいないほどの美男子で作法もしっかりしているセルミアーネが大層お気に召したそうで、終いには毎日のようにやって来る彼を楽しみにするようにまでなったらしい。

さらには私の三つ下の姪(めい)っ子がセルミアーネに滅茶苦茶憧れてしまって、父親である一番上のお兄様が困り「早くラルフシーヌとの結婚を決めてくれ」と私の結婚を後押ししたそうだ。そりゃ、次期侯爵の第一令嬢がただの騎士に嫁ぎたいとでも言い出したら大問題だ。その姪っ子は晩餐の席で終始私を恨めし気に見ていた。知らんがな。

お母様、お姉様方、次期侯爵であるお兄様が勧めてもお父様は迷っていたそうだが、セルミアーネが山賊退治か何かで勲章をもらった叙勲式が最後の後押しとなり、ついに婚約の許可を出したのである。

あとから考えると、よくもまあ最下層の貴族である騎士に侯爵家の自分の娘を嫁に出すという決断をしたものだと思う。父ちゃんが言ったように、お父様には確かに人を見る目があったのだろう。

到着の翌日から、私は結婚式の準備に追われた。

セルミアーネに結婚の承諾を出した時に、私が到着したら一週間くらい後に結婚式をすることは決めてあったそうだ。

神殿の予約もできたので正式な日取りも決まった。婚礼衣装の形状や生地などは侯爵家の様式で決まっており、あとは仕立てるだけなので、急いで採寸して超特急で仕立ててもらった。

本来であれば私の婚礼衣装だけではなく、一族の皆が着る衣装も新調して、式場は帝国大神殿で行われ皇帝陛下も臨席し、王宮と侯爵邸で三日に渡って披露宴が行われるのが侯爵家の婚礼というものだが、今回は相手が貧乏騎士のセルミアーネだ。そんなことをしたら彼が破産してしまう。そのため思い切り規模は縮小され、騎士階級の一般的な婚礼に合わせることとなった。

私は別に盛大な式など望んでいないから構わない。小さな神殿で親兄弟だけが臨席して式をし、侯爵邸で親しい人だけを招いた簡単な披露宴をすることになった。

誰より来てほしい父ちゃん母ちゃんが来ないというだけで私はもはや結婚式になんの興味もない。領地で皆がしてくれたお祭りのようなあれがまぁ、私の中では本当の結婚式だった。

だが、さすがにお母様や侍女達、そしてわざわざ嫁ぎ先から来てくれたお姉様達が一生懸命準備してくれるのを無下にもできない。私は何着も持って来られた披露宴用のドレスを延々と試着させられるのを我慢した。

それにしても、もう少し日程に余裕があればいいのに。あまりにも慌ただし過ぎではないかしら？　と思ったのだが、どうもセルミアーネが休暇のうちに挙式したいと主張したものらしい。ただ、これはあとから聞いたのだが、結婚の場合は休暇が別にもらえるらしく、実際セルミアーネは式の後にも結婚休暇を取っていた。

どうやらセルミアーネは婚約期間が長くなって、お父様が心変わりして婚約を取り消されるのを警戒していたらしいのだ。実際、お父様は何度も「あの男でいいのか？　もっといい話もあるぞ？」と聞いてきた。ただの騎士との婚約を反故(ほご)にするくらい侯爵の権力を使えば簡単なことだったらしい。

私は帰って来てから式までに、お茶会と夜会に一回ずつ引っ張り出された。そこでカリエンテ侯爵が秘蔵していた末娘的な紹介をされた。それで目を付けられた上位貴族から縁談の打診がすぐさま来たのだが、その時にはさすがに式の直前過ぎて中止はできず、結局私は無事にセルミアーネの妻になった。

お父様は残念がっていたが、セルミアーネの作戦勝ちである。まぁ、なんの教育も受けていない野人令嬢を上位貴族に嫁に出せる訳がないから、お父様も本気ではなかっただろう。

結婚式当日、私は侍女やお姉様に婚礼衣装を着せられ、化粧をされた。というか帝都に来て以来、私は毎日毎日侍女達にピカピカに磨かれていた。

おかげで今の私は過去最高のピカピカ加減。髪はツヤツヤ肌はプリプリ。私は傷の治りが早く日焼けもすぐ治る体質で、毎日のエステまでされればすっかり真っ白な肌に戻っていた。

繊細なレースがふんだんに使われた純白の婚礼衣装は豪華絢爛で、領地で着せられた婚礼衣装とは比べものにならなかった。だが、あまりにも豪華で重苦しい。領地で着たやつなら格闘もできたがこれでは無理ね。侯爵家の文様が浮かび上がるヴェールを被(かぶ)って完成だ。その姿を見たお父様は絶句し、お兄様方は驚愕し、お姉様お母様は歓声を上げていた。

「ものすごく綺麗ですよ！　ラルフシーヌ！」

「まさかここまで美しくなるとは！」

ありがとうございますとしか言えない。何しろ衣装も化粧も私の手柄ではないので。

そのまま馬車に乗り込み、神殿に向かう。式を挙げる神殿は帝都の街外れにあり、裕福な平民か、下位貴族が挙式に使うことが多い場所だ。そこに侯爵家の一家（何しろ十人の兄姉がそれぞれの配偶者を連れてきたから大人数だ）が華麗に着飾って乗り込んだのだから、結構話題になり見物人も押し寄せたらしい。

セルミアーネのほうは既に親がいないということで、騎士団の直属の上司夫妻が親の代わりに来たほか、なんと騎士団長夫妻が来ていた。騎士団長に目をかけられているというのは嘘ではないようだ。

騎士団長は伯爵であるが、何しろ国家の要職なのでお父様も粗略には扱えない相手だ。私も含めて丁重に挨拶をする。ものすごく強そうな方で、セルミアーネが私と結婚することをなんだか大いに喜んでいた。

式はまずセルミアーネが先に入場する。続けて私がお父様にエスコートされて入場するのだ。新婦席が満員なのに比べて新郎席は二夫妻しかいないので寂しい。その中央を進み神前に辿り着くとそこにセルミアーネが待っていた。

騎士団の礼服。だが、領地で借りたものと色が違う。確かあれは緑だったが、今セルミアーネが着ているのは色鮮やかな青だった。何か違いがあるのだろうか？ 領地で借りたやつは確か引退した騎士から借りた物だったから、ここ何年かで色が変わったのかもしれない。

セルミアーネも今日は身嗜みを整えたらしく、綺麗に撫でつけられた紅茶色の髪、日焼けしているが髭も産毛も綺麗に剃られた頬、少し化粧したらしくいつもより麗しい両目など、旅の間より五割増しで美男子だった。

ただでさえ美男子なのだからその五割増しだと大変なことで、私に向かって振り返った瞬間新婦席から嬌声（きょうせい）が上がったほどだった。自重してくださいお姉様達。

私もちょっと緊張する。なるべく丁寧に歩いてセルミアーネの横に立つと、彼はフワッと微笑んでお父様から私の手を受けた。

セルミアーネに手を引かれ、神前に出る。領都でのあの式とは違い、酔っ払ってはいない司祭様が私達にまず聖水を振りかけ、頭を下げる私達の額に香油をつけた指で円を描く。そして聖印を空に描くと、両手を天に掲げながら厳かに祝詞（のりと）を授けてくださった。

「天にまします偉大なる全能神の御名において、この婚礼は祝福される。汝（なんじ）セルミアーネ・エミリアンとラルフシーヌ・カリエンテは神の祝福の下に縁（えにし）を結び、新たに夫婦となる」

司祭様は指輪の載ったトレイを手に取ると、私達のほうへ差し出した。

「神に誓いながら指輪をお互いに」

まずセルミアーネが指輪を持ち、私の左手を取った。

「偉大なる全能神にラルフシーヌへの永遠の愛と尊敬を誓う。私の全てを神と妻に」

左手の薬指に指輪が差し込まれる。

次に私が指輪を取り、セルミアーネの左手薬指に通す。

「偉大なる全能神にセルミアーネへの永遠の愛と尊敬を誓う。私の全てを神と夫に」

その瞬間、私とセルミアーネの婚姻は成立した。

私はなんとか台詞(せりふ)を間違えずに済んだ安堵(あんど)でいっぱいだったが、セルミアーネは微笑み、両目を潤ませていた。彼は私の腰を抱き寄せると、そっとヴェールを上げた。

あ、忘れてた。もう一つあるんだった。そう思った時にはセルミアーネの顔が限界まで近づき、唇を柔らかな感触が覆っていた。

誓いの口付けを交わした私とセルミアーネに盛大な拍手が送られる。

こんな大勢の前でキスをするとかなんの羞恥プレイなのか、と思っているのは私だけのようで、セルミアーネは二度、唇にキスをしてそれから頰や耳にキスの雨を降らせてきた。ちょっと、いい加減にしなさい。私はセルミアーネの爪先をこっそり踏みつけた。

セルミアーネにエスコートされて神殿の出口へ向かう。

扉が開くと百人くらいの人々が私達を待っていた。この神殿で結婚式が行われる時は近隣住民が祝福に集まるものらしく、侯爵家を見物に来た連中も含めて、私達を一目見ようと押し寄せたものらしい。

私達が姿を現すと大歓声、どよめきが起こった。

「おめでとう！」

「お幸せに！」

私の家族を含めた人々が口々に祝福しながら花びらを投げかけてくれた。

冬の気配が漂い始めたころだったのでそれほど花の種類はなかったが、それでも喜びの声と色鮮やかな花びらは私の心を浮き立たせてくれた。祝福してくれる住民の雰囲気が、領地で馴染んだ庶民的なものだったせいもあるかもしれない。


式が終わったら侯爵邸に帰って披露宴だ。ここには侯爵家に関わりのある貴族が百人くらい来ていて、お色直しで三回もドレスを着替えさせられた。

先ほどの庶民的な祝福と違って、ここは完全に貴族の社交界だ。ものすごく窮屈で、私はお姉様達に言われた「微笑んで黙って動かない」を実行するしかなかった。マナー一つ知らない私は、身動きするだけで恥をかくこと間違いなしだったからだ。

私が恥をかくだけならいいが、今私が恥をかけばセルミアーネにも恥をかかせることになってしまう。結婚早々夫に恥をかかせる訳にはいかない。

早く終われ〜と念じながら私はセルミアーネの腕に摑まって心を無にしていた。


そうして苦痛でしかない披露宴は数時間続いた末にようやく終わった。

まぁ、お父様お母様にしてみれば低い身分のところに嫁に出さざるを得なかった末娘へのせめてもの餞(はなむけ)であっただろうし、兄姉も交流の少なかった末の妹を全力で祝福してくれたのだ。文句を言ってはいけない。

半ば魂が抜けた状態で私は新居に向かう馬車に乗り込んだ。家族勢揃いのお見送りに手を振り、馬車が動き出して心底ホッとした。ダメだ。私に貴族は向いていない。高位貴族への嫁入りなんてとんでもないし、男爵で下位貴族の社交をやらされるのもごめん被る。つくづく騎士で社交はしないというセルミアーネと結婚してよかった。

馬車は侯爵邸を出てしばらく走り、一軒の邸宅の門を潜った。

夕日に照らされたその邸宅は思ったより大きかった。馬車のドアが開くと私はセルミアーネに抱き抱えられた。新婦は新郎に抱き抱えられて新居に入るのが習わしなのだ。

馬車を降りると結構広い庭があるのも見えた。貧乏騎士には分不相応ではなかろうか。「母から継いだ」と言っていたっけ。お母様は貴族だったのかも知れない。

瀟洒(しょうしゃ)で綺麗な邸宅だった。私を軽々と抱えたセルミアーネが近づくと、ドアが開いた。私は驚いた。おそらく執事と思(おぼ)しき男性がドアを開けたのだ。そしてドアの向こうには老婦人、おそらく侍女が一人いて、私達に頭を下げた。

「おかえりなさいませ。旦那様、奥様」

「ああ、ただいま」

「お、お邪魔します……」

そのまま侍女が先導し、セルミアーネは慣れた足取りで続いた。

「使用人がいるの？」

「ああ、母が生きている時から家に仕えていて、この家を維持していてくれたんだ」

セルミアーネ自身は母が亡くなったあとは騎士団の寮で過ごしていたが、夫妻である執事と侍女がこの家を守っていたそうだ。それにしても貧乏騎士だと言っていた割に、邸宅を所有していて使用人を二人も使うというのは、身分不相応だと思うのだが。私はちょっと疑問に思った。


しかしそんな疑問はすぐに忘れた。忘れざるを得なかった。私を抱き抱えたセルミアーネが入った寝室には、天蓋(てんがい)こそついていないが大きな柔らかそうなベッドがあり、私はそこに優しく下ろされた。

……そうなのだ。今日は結婚式。私はもうこの人の妻。今日から夫婦……そう、今晩はまごうことなき新婚初夜。そして今まさに私はベッドに下された。

ぎゃ〜！　我に返った時には寝室のドアは侍女によって閉じられ、寝室には私とセルミアーネしかいなかった。

私は完全に生娘で、正直ソウイウコトにあんまり興味がなかったせいで知識も少なかった。

いや、森で動物達が繁殖行動としてソウイウコトをしているのは何度も見たが、動物と人間はすることも手順も違うのだろう。違うんだよね？

慄(おのの)き混乱する私を見透かしたように、セルミアーネは私の上に覆いかぶさり、間近から笑いながら私を見つめている。近い近い。少し動けば唇が触れてしまいそうだ。私の激しくなった心臓の音も聞こえてしまっているだろうか。

セルミアーネは私の髪を撫で、髪飾りを取り、結われていた髪をサラリとほどき、髪を手に取って嬉しそうにキスなどしていた。無茶苦茶に幸せそうで、どう見てもちょっと今日はやめときましょうと言えるような雰囲気ではない。

どうしよう。どうしたらいいのか。私の混乱がピークを迎えた瞬間、セルミアーネがふふっと笑って言った。

「怖いのかい？」

そこには挑発するような響きがあった。私は反射的にムッとしてしまった。私は挑戦されて受けて立たなかったことはない。どんなことも。負けることは嫌いだし、臆したと思われるのはもっと嫌いだ。怖くて逃げたと思われるなぞ私の矜持(きょうじ)に関わる。なのでうっかり言ってしまった。

「まさか！」

「そう。じゃあ、大丈夫だね」

セルミアーネが嬉しそうに笑いながら私の唇に深いキスをした。

し、しまった！　謀（はか）られた！　と思ったが後の祭りだった。

【第6話】新婚狩人生活

無事に結婚した私とセルミアーネは、セルミアーネのお母様が遺（のこ）してくれたという邸宅で新婚生活をスタートさせた。

家があるのは帝都の下級貴族の屋敷が立ち並ぶ一角で、家の大きさ的には下級貴族のお屋敷として普通くらいだった。くすんだ桃色の外壁と、茶色い屋根の可愛らしい建物で、如何にも女性的だった。庭は広く、そこそこ手入れはされていた。ただ、執事一人では行き届かないらしく、手を入れればもっとよくなりそうだ。庭師の娘の血が騒ぐわね。

執事と侍女はもう五十歳を超えている老夫妻で、セルミアーネのお母様にずっと仕えていた方だそうだ。お母様亡き後もこの家を守り、セルミアーネが結婚したら使えるようにと屋敷を維持してきたそうで、セルミアーネの結婚を喜び私を大歓迎してくれた。

執事はハマル、侍女はケーメラという名前である。

さて、新婚ホヤホヤの私達夫婦には目下、のっぴきならない悩みがあった。……金欠である。

「どうしたものかな」

セルミアーネが家計簿を見ながらため息をついた。私も見たが、エミリアン家の財政状況は確かにちょっと芳しくなかった。

理由は単純に使い過ぎである。結婚のために使い過ぎたのだ。

セルミアーネは私を嫁にするためにかなり無理をしていた。まず、求婚のために侯爵家を訪れる度に持参した手土産。花や茶菓子などだが、侯爵家に持ち込むのだから安物では済まなかった。これを毎日のようにだ。

私を迎えに行くための旅費もかなりの金額が必要だった。糧食の準備や宿代もそうだが、各領地の境にある関所に払う通行料が何しろ高い。それが往復だ。帰りに野宿をしたのは私の好みに合わせたのもあるが、旅費の節約の意味もあったらしい。

いよいよ結婚式となれば、結婚式の費用は新郎が全額負担するのが当たり前である。故に騎士のセルミアーネの家格に合わせた挙式となった訳だが、それでもギリギリ侯爵一族が列席しても恥ずかしくないくらいの高いランクの式を準備したらしい。呼んだ司祭も準最高司祭だった。

そして披露宴。披露宴は新婦である私の実家持ちだが、飾りつける花や装飾は慣例として新郎が持ち込む。これも侯爵家の格に合わせたから安物という訳にはいかなかった。

最後に新居の準備。邸宅自体はハマルとケーメラが住み込んで手入れをしていたからよかったのだが、私を迎えるにあたって私の私室を整備するのに結構かかったらしい。タンスや鏡台などはセルミアーネのお母様が使っていたというものを頂いたが、テーブルや椅子は購入し、カーテンやカーペットは新調したそうだ。夫婦の寝室にあるあの大きなベッドも新たに購入し、合わせて布団やシーツ類も新調したのだという。

そんなこんなで、かかった費用はまだ若い騎士であるセルミアーネの懐具合ではかなり苦しい額になったのである。

セルミアーネのお母様はかなりの資産を遺してくれていたし、セルミアーネはこれまでの給金を貯金して、任務でもらった報奨金も貯めていたそうだが、それも今回の結婚関係でほとんど使ってしまった。そしてこれからは生活費が二人分必要だし、邸宅の維持費はいるし、ハマルとケーメラのお給料も払わなければならない。とても騎士の給料ではやっていけないのだ。

私には故郷で稼いで貯めていたお金が少しあるし、実家から持参金も多少持たせてもらっている。それを家計の足しにすれば当座はしのげるだろうが、それにしても収入より支出が多いという状態では早晩行き詰まるだろう。

ハマルとケーメラは「私達にお給金など必要ありません」というが、そういう訳にもいかない。かと言ってもう何十年もこの邸宅を守ってきてくれた二人に今さら暇を出す訳にもいかない。故に贅沢だと分かっていても二人を雇い続けるしかないのだ。

セルミアーネは悩んでいたが「まぁ、私が頑張って出世して、稼げばいいだけだ」と言った。まぁ、それが常道ではある。私はセルミアーネの強さなら任務がある度に手柄を立てるだろうと思えるくらいには彼のことを信頼していた。しかし問題はそこではない。

「簡単なことよ」

セルミアーネは目を瞬いた。何を言い出すのか、という顔をしている

「何が？」

「お金がなければ稼げばいいのよ」

「誰が？」

「私がよ」

そう。どうしてセルミアーネの考えた家計に私の稼ぎが含まれていないのか。夫の稼ぎでは家計が成り立たないなど平民なら普通のことだ。夫婦揃って一生懸命働いて家計をやりくりするのは当たり前のことではないか。

セルミアーネの稼ぎで足りないなら私が稼げばいいだけだ。私はお金になる技能をいくつも持っている。そして手っ取り早く稼ぐなら、まぁ、あれしかない。

セルミアーネは奥さんを働かせるという発想が全然なかったらしく、目を白黒させていたが、私はすぐさま決断し、次の日には帝都の狩人協会と毛皮販売協会へ出向いて免状を購入してきた。

家で利用する分くらいの狩りには免状はいらないが、私はガッツリ仕事にするつもりだった

から購入した。この免状は結構な値段がするため「結構狩らないと元は取れないぞ」と協会の人には脅された。

私は構わずその人に帝都の森のローカルルールをこと細かに聞いた。罠をかける時の目印のつけ方や水場の利用法、禁猟の動物の種類など。これを聞いておかないとどこの森でもトラブルの元になる。

家に帰ると、侯爵領から届いていた私物を開梱し、狩猟用具を取り出した。使い込まれた愛用の道具だ。用具を手入れして、次の日の朝早く、私は意気揚々と帝都の森に騎馬で出発した。

足元は革のブーツ、スパッツに革のジャケット、狩人帽の本格仕様だ。弓矢、山刀、短槍、手裏剣、ロープ各種、いくつかの罠と、初めての場所だから過剰なほどの装備を持ち込んだ。

そしてその日、私は猪一頭、穴熊一頭、ウサギ三匹を仕留めた。猪は血抜きと肉の冷却のために川に沈めて、ウサギは血抜きだけしてそのまま肉屋に売り、穴熊は美味しいので持ち帰った。家で捌いて半分は今日の晩御飯だ。

セルミアーネは目を点にしていた。

「ウサギは大した値段にならないけど、猪は捌いて肉と毛皮にして売ればまぁまぁのお金になるわよ」

私は穴熊のローストをセルミアーネに切り分けながら上機嫌だ。

「ラルは狩人で稼ぐつもりなの?」

「そうよ。手っ取り早くお金になるし、得意だからね」

セルミアーネは呆然として、そして苦笑した。

「その方法は予想外だったよ。でもくれぐれも気をつけてね？」

「大丈夫よ。よく分からない森で無茶はしないわ。でも、うかうかしているとミアよりも稼いできちゃうからね」


次の日、私は鹿をうっかり二頭も仕留めてしまった。ありゃ、しまった。二頭も持ち帰れないなぁ。とりあえず昨日仕留めた猪を解体して、鹿は二頭ともまた川に沈める。猪は持ち帰って肉屋と毛皮屋に売った。そして狩人協会に行き、鹿の処理を頼んだ。協会では大物を獲った時や場所が悪かった時に獲物の回収を助けてくれるのだ。無論有料だが。

協会のおじさんは唖然としていた。

「二日で猪一頭と鹿二頭だと？」

「そう。つい獲っちゃったんだけど、持って帰れないのよ。お願いできる？」

「信じられん。お嬢ちゃんのような細腕で……」

「あいにく、私はお嬢さんじゃなくてもう奥さんなの。お願いね」

その日以来、狩人協会の私への扱いが丁寧になったのだった。

私は持ち帰り難い大物を狩るのをやめて、小さいが換金率の高い獲物を狙うことにした。毛皮が高く売れるキツネやテン、イタチなどだ。帝都の森を飛び回り、痕跡（こんせき）を探し、何頭かのキツネを狩って家に持ち帰る。

こういう動物は丸のまま売るよりも、毛皮にして売ったほうが高価になる。なので家で捌き、なめしまで自分でやってしまう。血まみれでキツネを捌いている私を見てケーメラは仰天していたが、すぐに慣れて作業を手伝ってくれるようになった。

そうやって作った毛皮を自分で市場に持っていって毛皮商人に売る。貴重なキツネの毛皮はかなりの額になった。

冬の間も私は森を駆け巡った。冬は木々の葉が落ちて見通しがいいので地形が把握しやすいし、灌木（かんぼく）も枯れたり落葉しているから小さな獲物も見つけやすい。仕留めた獲物も腐り難く、狩猟にはいいシーズンなのだ。私は順調に獲物を獲り続け、狩人生活は完全に軌道に乗った。

残念だったのは例のキンググリズリーと出会わなかったことで、狩人協会の話ではもっと奥地に行かなければ出ないという。奥地での狩りは必然的に泊まりがけになってしまうので、セルミアーネの許可が出なかった。そのうち一緒に狩りに行こうと彼が言うので我慢した。

こうしてエミリアン家の家計は私の荒稼ぎで持ち直し、私は狩りができて大満足だった。つくづく私はセルミアーネの嫁になってよかった、と思っていた。

恋愛感情はまだよく分からないが、平民だろうが貴族だろうが、こんな自由気ままな生活を許してくれる夫はそうはいないだろうと思う。

ちなみに私は炊事・洗濯・掃除などの家事もケーメラ任せにせずにちゃんとやったし、天候が悪くて狩りに行けない時には裁縫仕事もやった。庭で毛皮をなめすついでに庭仕事も手伝い、春には庭を花でいっぱいにしたものである。

そんな楽しい生活は一年くらい続いた。そのうちセルミアーネも出世するだろうけど、大体こんな感じの騎士の奥様生活が一生続くんだろうな、と当時の私は無邪気に信じていた。

あとから思えばおかしなことはいくつもあったのだ。
まず、セルミアーネは十二歳の時に亡くなってしまったというお母様の話はたまにしてくれたが、頑(かたく)なに父親の話はしなかった。認知されない貴族の私生児なのかな？　とか私は想像していた。
しかしそれにしてはセルミアーネは騎士になれている。騎士は基本的に貴族の家に生まれたが財産がないなどの理由で家が興せない者がなるもので、平民はなれない。よって父親が認知していない私生児は騎士にはなれないはずなのだ。

それにこの邸宅だ。明らかに子爵くらいの貴族のお屋敷で、騎士身分には不相応だ。実際、セルミアーネの同僚は独身は騎士寮に、既婚者はアパートメントに住んでいるのが普通で、たまに家に遊びに来た同僚や部下が驚き羨ましがっていた。ということはお母様が子爵夫人だったということになるが、それなら長男で忘れ形見のセルミアーネは子爵を継いでいるはずなので、騎士なのはおかしい。

そしてハマルとケーメラだ。この老夫婦は物腰が非常に丁寧で、よくよく話を聞くと帝宮に勤めていたようなことを言うのだ。

帝宮の侍女や侍従になるには貴族身分が必要である。明かしてはくれなかったがおそらく二人は貴族身分を持っているはずだ。それが騎士のセルミアーネに仕えている。これもおかしい。

ただ、私がこれらのおかしさに気がついたのは、実際には全てが発覚した後だった。そういえば、と思い出してやっと気がついたに過ぎない。私は細かいことはあまり気にしないし、人の秘密を問い詰める趣味もない。

しかしながら一つだけ、致命的におかしな出来事があったのだが、それまでスルーしてしまったことを、私は激しく後悔することになる。

それは結婚後一ヶ月くらいの時に起こった。

その日、晩餐を食べているところにハマルがやってきた。晩餐と言っても私が作ったものでシチューと鹿肉のローストと、パンとビールである。まったくの庶民食で全然畏まっていない。

ハマルはセルミアーネに封書を差し出した。

「お手紙が来ています」

手紙とはまた珍しい。手紙は紙も高いし届けるにもお金がかかるから、平民の世界では滅多に目にしない。私は首を傾げたのだが、セルミアーネは嫌そうな顔をして手紙を受け取り、裏の封蠟を確認してさらに嫌そうな顔をした。

「どうしたの？　ミア」

「いや」

セルミアーネは封を開くと中の手紙に目を通し、うーんと唸ってしまった。一体何事なのか。

「ラル。明日は一緒に出かけなきゃいけなくなった」

？　妙な言い回しだな。いけなくなった、というのだから、その手紙が原因なんだろうけど。

「構わないけど、どこへ行くの？」

「うん……ちょっと知り合いに会いに行くんだ」

なぜかセルミアーネは言葉を濁した。そしてよりおかしなことを言った。

「明日はドレスを着てもらえるかい？」

は？　ドレス？　私は結婚式が終わって新婚生活を始めてからドレスなど投げ捨てて庶民服で生活していた。今の格好もワンピースに前かけだ。靴は木靴だし。

一応、ドレスは持ってはいる。嫁入り道具だと持たされたドレスを何着かと靴や下着やコルセット。宝飾品を一揃い。使うつもりはないので放置していたのだが、ケーメラがしっかり手入れしてくれていた。

今度は私が嫌な顔になってしまうと、セルミアーネは懇願するような顔で言った。

「正装していないと入れないんだ。頼むよ」

そこまで言うなら仕方がないが、正装していないと入れないところってどこ？　お役所かしら？

翌日、なぜかケーメラがものすごく張り切って準備をしてくれた。「旦那様の奥様のお支度をするのが夢だった」のだとか。そうか。毛皮処理の手伝いばかりさせて悪かったかしら？

そもそもケーメラは私が必要ないと言っても毎日お風呂を準備し、嫌がっても必ずお風呂の世話をして、髪や肌や爪などの手入れを欠かさなかった。狩人生活で日焼けや擦り傷は当たり前だし、毛皮の処理は手が荒れるのだが、非常に丹念に手入れをしてくれるのだ。おかげで私の髪や肌はドレスを着てもおかしくない程度に保たれていると思う。

お母様から持たされた水色のドレスを着て、宝飾品を身に着ける。見た目はまぁまぁお貴族様の奥様に見えるはず。セルミアーネも濃い緑のコートを着て、すっかりお貴族様風だ。しかしこの格好では馬には乗れないし、歩いて行くのかしら、と思ったら、なんと馬車が待っていた。御者はハマルだ。貸馬車を借りてきたらしい。

ドレスを着て馬車がなければ行けないところなど、私の貧弱な知識では思い浮かばない。セルミアーネは明らかに気乗りのしないふうで、彼がそのように不機嫌なのはあまりないことなのでちょっと居心地が悪かった。

馬車はガラガラと進み、一度停車した。外を見ると大きな門が見える。どこかのお屋敷かな？　そして再び進み始める。すると庭園の中の道になった。あれ？　ここは見覚えがあるぞ？

「ここ、帝宮？」

「そうだよ」

帝宮になんの用なのか。確かに帝宮なら正装じゃないとまずいのは確かだが。

馬車は広大な庭園を通過して門をもう一度潜り、またしばらく走って帝宮の本館の正面に出た、前回来た巨大な車寄せが見える。が、馬車はそこをスルーしてさらに奥まったところに入って行く。そこには小さな車寄せがあって、馬車はそこに停車した。

セルミアーネのエスコートを受けて降りたのはのはいいが、どこよここ。まぁ、帝宮なんて前回歩いた範囲しか知らないけど。本館の裏手みたいなところであるのは確かだ。

うちの入り口の三倍くらいの大きさで豪華な装飾が施されているドア。左右を厳重に騎士が守っている。彼らは私達が近づくと怪訝(けげん)な顔をした。

セルミアーネは右手を出して騎士達に見せた。私も同じところに貴族の証である指輪をしているのでそれを見せたのだろう。私は普段は外しているけど。

すると騎士達は納得顔になり、ドアを開けてくれた。なんだろう。騎士の間なら分かる符牒(ふちょう)みたいなものかしらね？　中に入ると一人の男性が出迎えてくれた。

「いらっしゃいませ」

執事。帝宮なら侍従だろうか。そんな感じの細身の中年男性だ。彼はセルミアーネを見て微(かす)かに微笑んで、少し緊張した顔で私を見た。

「妻だ」

「左様でございましたか」

侍従の表情がホッと緩んだ。どうやらセルミアーネとは旧知の仲のようだ。私達は侍従の先導に従って歩き始めた。

帝宮の内部なんてよく分からないが、ずいぶんと奥まったところを歩いているような感じだ。明るい廊下や小さなホールを抜けて延々歩く。ほとんど人はおらず、たまに侍女とすれ違うくらいだった。

美しい庭園を横に見ながら長い回廊を抜けると、騎士が守っている小さな扉があった。侍従とセルミアーネが指輪を見せる。私も促されて指輪を見せたが、私だけはそれだけでは通れず、セルミアーネがまた「私の妻だ」と言ってようやく通過が許された。

騎士身分のセルミアーネの指輪は銀で、侯爵家で成人した私の指輪は金だ。銀の指輪より金の指輪のほうが帝国では尊重されているはずなのに、銀の指輪で入ることができて、金ではダメというのはおかしい。

まぁ、この時の私はそういうこともあるのか、くらいにしか思っていなかった。


小さな扉の先は明らかにプライベートスペースだった。生活感がある。非常に柔らかい絨毯はなるべく音を立てないためのものだし、壁は落ち着くクリーム色だ。ここに至るまでそこら中に施されていた豪奢（ごうしゃ）な装飾は抑えられ、壁にかけられた絵もこれまでは巨大な肖像画が多かったものが、ごく小さな風景画ばかりになった。

窓から見える庭園もそれほど大規模なものではなく、庭木ではなく花壇が主体だった。冬だったので花壇には花がなかったが、おそらく春には美しく咲き乱れるだろう。花好きの主人の人柄がしのばれる。

案内されたサロンも大きな窓が開放的だが、無駄に広くはない部屋で、調度品も多分高級品だが落ち着いた色合いと使い込まれた風合いが生活感をにじませていた。

私達はソファーに並んで座り、淹れてもらったお茶を飲んだ。あら、さすがに帝宮のお茶は美味しいわね。出されたお菓子も遠慮なくボリボリ食べる。うん。お菓子も美味しい。

セルミアーネは少し緊張した様子でお茶は飲んでもお菓子には手をつけなかった。というか、お菓子をボリボリむさぼり喰うのは貴婦人的ではなかったらしく、控えている侍女が目を丸くしていた。別に気にしないけど。

しばらくお菓子を楽しんでいると、先ほどの侍従が入って来て「お出でになりました」と言った。私は「???」となっただけだが、セルミアーネは立ち上がり胸に手を当てて頭を下げた。

私にも「立ち上がって頭を下げて」と言うので、お菓子クズを払って立ち上がり、頭を下げる。よく分からないので手はお腹のところで重ねた。確かお母様はお辞儀する時こんな感じでしてたはず。

すると、誰かが入ってきた。そして正面のソファーに座ると「楽にしなさい」とおっしゃった。私は即座に顔を上げる。セルミアーネは静かにゆっくりと顔を上げていた。あ、そうだった。ゆっくりがいいんだった。

正面に座っていたのは大柄な、セルミアーネと同じかもう少し大きいくらいの男性だった。歳のせいもあって厚みがあるのでより大きく見える。筋肉質で非常にたくましい。めっちゃ強そう。薄茶色の髪色と青い瞳で、薄茶色の顎髭を生やしていた。よく見ると結構美形だった。

???　あれ？　見覚えがあるな。私は記憶を辿って……、この人が皇帝陛下であることにようやく気がついた。

は？　皇帝陛下？　私は目が点になってしまう。

考えてみれば帝宮の奥まったところにあるプライベートスペースに案内されて、そこに出てきたのだから皇帝陛下でもおかしくないのかもしれないが、普通、皇帝陛下は軽々に臣下の前に、まして騎士とその奥さんの前になど現れない。

下位貴族だったら、お側で顔を見たことがないというのも珍しくないのだ。

促されてソファーに腰かける。私はしげしげと皇帝陛下を観察する。なんだろう。お会いするのは二回目のはずなのに、とっても見覚えがある。というか見覚えのある誰かに似ている。う～ん？　お父様かな？　お父様よりお若いけど。お父様のお母様は皇族から降嫁(こうか)された方で、皇帝陛下とお父様は割と近めの親戚だと聞いたことがある。

皇帝陛下は若干不機嫌を顔に表していた。貴族の表情は微笑がデフォルトなのに、こうやってはっきり感情を表すことは珍しい。見ると、セルミアーネも笑っていなかった。あえてという感じで無表情を装(よそお)っている。

しばらく沈黙してセルミアーネと私を睨んでいた皇帝陛下だが、やがて重々しい声でおっしゃった。

「結婚したそうだな」

私にではなくセルミアーネにおっしゃったのだろう。私は返事をせず、カップを取ってお茶をすすった。飲み終わると即座に侍女がおかわりを入れてくれるのだ。それを見て皇帝陛下が少し目を見開かれた。？　なんですか？

「はい」

セルミアーネは短く答えた。皇帝陛下は唸るようにセルミアーネを問い詰める。

「なぜ結婚する前に報告しなかったのだ」

「報告の必要がないと思いましたので」

セルミアーネの端的な返答に皇帝陛下のお顔が少し悲し気に歪(ゆが)んだ。

「一ヶ月も経(た)ってから騎士団長から聞かされた私の身にもなれ」

「一介の騎士の結婚で皇帝陛下のお心を煩(わずら)わせる訳には参りません」

セルミアーネは私のほうをちらっと見た。皇帝陛下は少し驚いたような顔をした。

「言っていないのか？」

「はい」

皇帝陛下はハーっとため息をつき、初めて私のことをジッと見つめる。なんだか品定めされているような気分だ。実際、何かを見極められているのだろう。

「まったく。私の勧めた縁談は蹴って勝手に……このような……」

と言いかけて、皇帝陛下は何かに気がついたようだった。

「……そなた、もしかしてあの時セルミアーネがエスコートしていた令嬢ではないか？」

いきなり話しかけられたからお菓子を喉に詰まらせるところだったわよ。

私はお茶でお菓子を飲み下してから答えた。

「はい。そうです。それが縁で結婚しました」

「確か……カリエンテ侯爵の六女だったか？」

「はいそうです」

よく覚えていらっしゃいますね。一度しか会ってないのに。さすがは皇帝陛下だわ。私が感心していると、皇帝陛下はなんだか一転、非常に上機嫌になられた。破顔してすごくホッとした口調でおっしゃる。

「そうかそうか！　侯爵家の令嬢と結婚したか！　それはめでたい！」

皇帝陛下は喜んだがセルミアーネは逆に渋面(じゅうめん)だ。

「別に、身分が理由で結婚した訳ではありません」

「そうではあろうが、ともあれよかった」

何がよかったのか分からないが、皇帝陛下が私のことを一般的な侯爵令嬢だと誤解していなければいいいなぁ、と思うわね。

それから皇帝陛下は完全にリラックスなさって、私の生い立ちや領地での生活を聞いては笑っておられた。別に庶民生活をしていたと言っても態度に変化はなかったので、本当に血筋だけが問題だったらしい。

つまりセルミアーネを高位貴族の血を引く者と結婚させたかったということ？　なんで皇帝陛下がただの騎士のセルミアーネの結婚相手を気にするのだろうか。

すると、入り口に人の気配がして、貴婦人がひょっこり現れた。

あれ？　なんと皇妃陛下だ。黒髪黒目の細身の美人で、なんだか顔を輝かせている。

「セルミアーネ？」

笑顔で呼びかけて、私の存在に気がついたようで少し慌てていらっしゃる。セルミアーネと私は立ち上がって頭を下げる。

「ご無沙汰しております。皇妃陛下」

セルミアーネが言うと皇妃陛下はニコニコと微笑まれ、皇帝陛下の横に腰かけると私達にも座るように促した。

「久しぶりね。セルミアーネ。それで？　そちらが奥さんなの？　すごく美人じゃないの」

「カリエンテ侯爵令嬢だそうだ」

「まぁ……、あ、あのお披露目で暴れたとかいう、セルミアーネがエスコートした方ね？　うふふ、まぁ！　面白いご縁ね」

皇妃陛下はテンションが高くて笑いっぱなしだった。私にいくつか質問をなされ、私がお菓子をたくさん食べていると、ほかにもどんどん持って来させてくれて、お土産にもたくさん持たせてくれた。なんだかな？

結局、小一時間皇帝陛下と皇妃陛下と談笑して、私とセルミアーネは帝宮を辞した。

私は疑問でいっぱいだったが、セルミアーネは疲れてしかも不機嫌で、どうも質問するのは憚（はばか）られた。

「ごめん。ラル。疲れたろう？」

「まぁね。いいけど」

なんだったんだろうね？　とは思ったが、この日以降二度と私達が帝宮に呼ばれることもなかったので、私はすぐに気にするのをやめた。

まぁ、皇帝陛下ご夫妻とセルミアーネになんか個人的な面識があって、セルミアーネが気に入られてるかなんかでしょ。くらいに思っただけだった。

よ〜く考えてみれば、お忙しい皇帝陛下がわざわざ時間を取り、一介の騎士を内宮まで通し、結婚について詰問するなどおかしなことこの上ない。

私に少しでも貴族社会や皇族についての知識があればその異常性に気がついただろう。お父様がこの出来事を知ったなら、驚きで卒倒しかねない。セルミアーネの正体にも気がついたに違いない。だが私は全然気がつかなかったし、気にしなかった。

だからその出来事は私にとってあまりにも突然だった。

【第7話】青天の霹靂

結婚して一年以上が過ぎた。私は帝都での生活にもすっかり慣れ、毎日楽しく暮らしていた。故郷が恋しくなることは、たまにはあったけどね。

この頃には私は狩人として帝都で名の知れた存在になっていて、いろんなところから今度はこれを獲って来てくれと頼まれるまでになっていた。こういう注文に応じるのはいい稼ぎになるし、狩人としては名誉なことなのである。

狩人協会でも一目置かれる存在になっていて、大蛇や熊や狼が出た時には討伐を指名で頼まれることもあった。レッドベアーが出た時には、騎士団として出撃してきたセルミアーネと協力して討伐した。私とセルミアーネの強さに、手伝ってくれた狩人や騎士が驚いていたわね。

セルミアーネは騎士として順調に働いていて、山賊討伐や国境紛争、それとさっきも言ったように大害獣の討伐に積極的に出張って行き、手柄を立てて勲章をいくつももらっていた。結婚時は十騎長だったのが今では百騎長だ。これはまだ二十歳でしかない騎士としては破格の出世らしい。

出世はいいが、受勲は叙勲式に私も出なければならず、叙勲式にはパーティーがつき物なので、私が非常に困った。妻が出ない訳には行かないからだ。

この先も増えそうな雲行きなので、さすがに危機感を抱いた私はケーメラに少しずつマナーや作法を教えてもらった。いい夫であるセルミアーネが私に合わせてくれるのに、妻である私が無作法晒(さら)し放題で笑い者になって、彼の足を引っ張る訳にもいかない。せめて歩き方や簡単なダンスは覚えないと。

丸一年、折を見て教えてもらった甲斐あって、まぁ、ごまかせるくらいの作法は身についたと思う。

そんな感じで結婚二年目の春を迎えた。

春は山菜や薬草がたくさん生える季節で、私は狩りよりもそちらのほうに重点を置いていた。山歩きするのは同じだし、山菜や薬草は数が揃えばいいお金になる。背中に籠を背負って、ほかの人がなかなか入れないような山奥や崖の上に行けば楽勝だ。籠に山盛り採取し、一度家に持ち帰る。これも下処理をしてから売ったほうが高く売れるからだ。山菜は余分な部分を切り落とし、場合によっては洗う。薬草は少し干したほうが長持ちする。

鼻歌交じりで帰宅すると、なんだか慌てた様子のケーメラがやって来た。

「お、奥様。お出でください。使者が来ております」

使者？　聞きなれない単語に首を傾げる。今日はセルミアーネは出勤しているので家にいないのだろう。私は籠を作業小屋に下ろすと、家の中へ急いだ。

客間には立派な身なりの男性が緊張した様子で座っていた。私は森から帰ってきたばかりなので山歩き用のボロ服だ。なんだか申し訳ない気分になる。

使者は私の身なりを見て目を剝いた。私は一応、上着の裾を摑んで淑女の礼をした。下はスパッツなので。

「お待たせいたしました」

「エミリアン夫人でいらっしゃいますか？」

「はい、そうですが」

あんまり家名を使う機会がないから違和感があるけどね。

私が答えると、使者は懐から書状を取り出した。封書ではなく、巻紙で、紐で巻いて封をしてある。使者はそれを開いて、読み上げた。

「セルミアーネ・エミリアン様、ラルフシーヌ・エミリアン様の両名は、明日、帝宮の第二謁見室に来るように。これは勅命である」

そして読み上げた書状をまた巻いて、紐で縛ると、私に恭しく差し出した。受け取るしかない。私は一応両手で受け取る。すると使者はまた懐から、今度は封書を取り出した。かなり分厚い。

「これはセルミアーネ様にお渡しください」

そして一礼して帰って行った。

？？？　なんだったのか。

これくらいの用ならハマルなり、ケーメラなりに言付けるだけでよかったのでは？　私は疑問に思いながらも、書状と封書をハマルに預けて作業小屋に戻った。今日中に処理しないと薬草がダメになってしまう。

ことの重大さが発覚したのはセルミアーネが帰宅してからだった。

私から書状と封書を受け取ったセルミアーネは真っ青になった。立ったまま書状を読んで絶句し、震える手で封書を開いて中の手紙を読むと立ち眩みを起こしたように膝を突いた。

「ミア！」

私は彼を助け起こし、ソファーへと導いた。セルミアーネは震えており、ソファーに力なく横たわった。

「大丈夫？　薬を飲む？　それともお医者？」

「……大丈夫だ……」

セルミアーネは言うが、顔が真っ青だ。明らかに手紙を読んだせいだろう。私は彼が取り落とした手紙を見ようとしたが、セルミアーネに止められた。

セルミアーネはケーメラが持ってきた気つけの蒸留酒を飲み、頭を抱えていたが、しばらくしてようやく私に向かって言った。

「……明日、帝宮に行く。ラルも正装してくれ」

まぁ、使者まで立てられた呼び出しでは仕方がなかろう。だが、問題はセルミアーネだ。こんな状態で大丈夫なのか。

セルミアーネはその晩、ベッドに入らず手紙を前に一人でずっと頭を抱えていた。なんなんだろう。私は疑問を抱きながら一人で寝た。


翌日、緊張した表情のケーメラに着付けられて紺色のドレスを身に纏う。これは持っている中で一番フォーマルなドレスだ。宝飾品も髪飾り、ネックレス、ブレスレッド、イヤリングとフル装備だ。私がジャラジャラを嫌うのを知っているケーメラはいつもはかなり省略してくれるのに、今回はそれを許してくれなかった。

セルミアーネは騎士の礼服で、これは結婚式の時に着ていた服だ。青い礼服。そう言えば結婚式以来この服見ていなかったな。受勲式で着ていた礼服は緑だった。故郷の結婚披露で着せられたのと同じ色。ほかの人も同じ色の礼服だったから、正式な礼服はどうやら緑で、青い礼服は結婚式のために仕立てた服だったのかな？　と私は考えていたのだが。

青い礼服をビシッと着て、身嗜みも隙なく整えたセルミアーネの様子は結婚式を思わせる。しかし表情が違う。あの時幸せそうに笑み崩れていた表情は、今は緊張に引き締まり、顔色も悪い。

玄関を出ると豪華な馬車が待っていた。帝宮から差し向けられた馬車らしい。お迎えつきとはびっくりだ。貸馬車は高いから家計には助かるけども。私はセルミアーネのエスコートを受けて馬車に乗り込んだ。

馬車の中でセルミアーネは一言も発しない。むう。何かちょっとぐらい今日の呼び出しについての説明があってもよさそうなものじゃない？

だが、私の夫は結構頑固なので、言わないと決めたことは多分何があっても言わない。私が彼の頑固さを気にしないので、二人の関係は上手く行っているのだ。

まぁ、言いたくなったら言ってくれるでしょ。そんな呑気なことを考えている内に、私はもうかなりとんでもないところにまで足を踏み込んでしまっていたのだった。

帝宮に着き、大車寄せで馬車を降りる。と、周囲にいた貴族達が一斉に私達に注目した。何？　私は思わず戦闘態勢を取りそうになり、自重する。

いけないいけない。今日の私は狩人ではなく奥様。素知らぬ顔でセルミアーネの腕に手を絡めると、私達はエントランスロビーへと入った。それとなく目を凝らし、耳を澄ます。私はものすごく目も耳もいいので、その気になれば噂話は全部聞き取れる。

「あれが……、その」

「まさか。本当に？」

「皇子とは……」

私達を見ながらヒソヒソ話をしている貴族達は口々に驚きを表す会話をしていた。しきりに「まさか」とか「聞いたことがない」とか「本当に皇子が」とか言っている。

……？　皇子？　私は元侯爵令嬢で今は騎士の夫人。セルミアーネは騎士だ。皇子がどこにいるんだろうか。そんなことを思いながら待っていると、侍従が迎えに来て、私達は小さな控えの間に案内された。


控えの間でセルミアーネの顔色はいよいよ悪くなり、私は彼の手をさすってあげた。セルミアーネは私の手を握りぽつりと「済まない」と言った。何を謝っているのか分からない。


やがて侍従に促されて私達は謁見室へ入った。

第二謁見室はつまり二番目に格の高い謁見室で、私の成人のお披露目式の時に使われた謁見室よりも大きかった。装飾も豪華で、天窓から光が降り注いで明るく、その光が集まる中心を私達は青い絨毯を踏みつつ進んだ。

お披露目式の時よりもずっと多い、何人なのかちょっと一目見ただけでは数が分からないくらいの人がいる。まるで市場の人混みのようだが全員が貴族だ。帝国の貴族のほとんどが来ているんじゃないかしら？　後ろのほうの人は私達のことが多分見えまい。

は～。なんだこれ？　全員がざわざわしながら私達に注目している。

セルミアーネはもう青黒いような顔色だ。私は彼を支えるようにしながら歩いた。頑張って、ミア、とか思いながら。

そう。この期に及んで私はまだ事態の重要性が把握できておらず、他人事だったのだ。なので特に緊張することもなく御階の前まで進んだ。

御階の近くは最上位貴族の場所だ。そこに、この間に侯爵位を継いだ私の一番上のお兄様がご夫婦でいらっしゃった。その後ろには前侯爵夫妻となられたお父様とお母様がいた。この間その話を聞きに侯爵邸に呼ばれて行った時には、領地のお屋敷に住むつもりだとおっしゃっていたけど、まだ帝都にいらっしゃったのね。

お兄様もお父様もお母様も、目と口がまん丸に開いていた。驚愕を絵に描いたような顔だ。微笑みで本心を押し隠すのが貴族の習い性なのに、あんな顔は尋常じゃない。何があったのだろう。

御階の下で待っていると、侍従が皇帝陛下皇妃陛下のご光来を告げ、私達を含む全員が頭を下げる。私達は跪かなくていいのかな？　と思ったのだがいいようだ。頭を上げる許可が出たのでゆっくりと上げる。学習の甲斐があった。

皇帝陛下と皇妃陛下の顔はよく見えないが、あまりご機嫌なご様子ではない。というか雰囲気が暗い。特に皇妃陛下はまっすぐ座っていることもできない感じで頭を少し傾けている。皇帝陛下も眉間に皺が寄っているのが分かった。セルミアーネも同じように眉間に皺を寄せて唇を引き締めている。なんだろう。セルミアーネに何か罰でも与えられるのかしら。

私はこの時初めて、その可能性に気がついた。セルミアーネが何かヘマをしでかしたのかもしれない。もしかして降格？　それとも入牢？　え、もしかして打ち首？　そんな想像をして勝手に焦り出した私を無視して、皇帝陛下が重々しく口を開いた。

「集まってくれた帝国の貴顕諸卿に告げる。今、ここにいるセルミアーネは、今日この時より皇族の一員である」

どよめきが起こる。……？　意味が分からなかった私を除いて。

いや、でも、よく意味が分からなかったのは私だけではないようで、説明を求める声がそこかしこから皇帝陛下に飛んだ。陛下は頷いて続けた。

「セルミアーネは私の庶子である。公妾であったフェリアーネの息子だ。フェリアーネのことは知っている者も多かろう。後継争いを避けるためにセルミアーネが私の子であることはこれまで伏せられていた。……しかし、我が皇太子、カインブリーの病状が思わしくない。故にセルミアーネを正式に皇族の一員と認知し、カインブリーにもしものことがあった場合、セルミアーネを皇太子とする」

……は？

ものすごくとんでもない発言を聞いてしまった気がする……。

え？　セルミアーネが皇帝陛下の庶子？　初耳なんですけど？

……って、え？　セルミアーネを皇太子にするって聞こえたんですけど？

「そこにいるセルミアーネの妃はラルフシーヌ。カリエンテ侯爵の妹だ」

一同の注目がざっと音を立てて私に集まる。ひえ！　わ、私？

「身分に問題がないので、彼女も皇族に迎え入れる。カリエンテ侯爵には後援をしてもらえると有難い」

「そ、それはもう……」

お兄様がガクガク震えながらようよう答えた。

ちょっと待ってよ。今、私も皇族になるって聞こえたわよ？　なんですか？　どういうことなんですか？

私はここでようやくとんでもない事態になったことを自覚して、全身から冷や汗が噴き出した。手足が冷たくなっていく。

「セルミアーネ。ラルフシーヌ。上がるがいい」

皇帝陛下に促され、今度は私がセルミアーネに引っ張られるようにしながら御階を上った。一度皇帝陛下ご夫妻に跪き、立ち上がって振り返ると、眼下にはうぞうぞと数百人の貴族達。セルミアーネは手袋を外して、右手を掲げた。その中指には見慣れない黒い指輪が嵌まっていた。あれ？　前に見た時には確かに銀の指輪をしていたはずなのに。

「セルミアーネが生まれた時に授けた、皇統を証明する指輪だ」

あとで聞いたが、皇族の身分を証明する指輪は黒なのだそうだ。セルミアーネは十三歳で成人した時には銀の指輪を授かっていて、普段はそれをしていたらしい。

なんだそれ。反則なのでは？　身分証明にならないじゃん。

だがこの指輪を持っているということは、彼は間違いなく皇帝陛下の息子なのだろう。

そういえば、という感じで、結婚した後に帝宮に呼ばれた時のあれこれが思い出されてきた。確かに皇帝陛下のあの態度は、息子に見せる愛情だったと言われればそういう感じもする。邸宅も、皇帝陛下の愛妾のお屋敷だとすれば説明がつく。

呆然としていると、セルミアーネに促されて私達は皇帝陛下ご夫妻に向き直り、再び跪いた。

「全能神の代理人にして、帝国の偉大なる太陽、いと麗しき皇帝陛下よ。私、セルミアーネは皇統の一員として、皇帝陛下と帝国のために全ての力を捧げると誓います」

セルミアーネは一気に言い切ると、私をちらっと見た。懇願するような視線。私はまだ呆然としていたので、彼の視線に誘われるように、するっと口を開いてしまっていた。

「私も同じく、皇帝陛下と帝国のために全ての力を捧げると誓います」

皇帝陛下は少しほっとしたようなお顔で頷くと、言った。

「よろしい。では私の側にあるがよい」

セルミアーネと私は立ち上がり、皇帝陛下のお席の右後ろ、その辺りが皇族の立ち位置らしい、そこへ行って、御階の下を見下ろす状態で立った。この瞬間、セルミアーネと私は皇族の一員となり、全貴族の上に立つ存在となったのである。……なったようである。全然実感が湧かない。というか私の心が全然現実に追いついていないのだが。

侍従からこれから先のセルミアーネの扱いが発表される。ナントカ伯爵領を授かり、いくつかの称号を授かり、皇族としての席次がどうのとかいう話をしていたような気がしたが、放心していた私の頭の中を見事にすり抜けてしまって覚えられなかった。

式が終わり、私達は皇族専用の出口より退席した。もちろん初めて通ったわよ。

通路を抜けて控えの間へ出る。すると皇帝陛下がくるっと振り返り、いきなり私達に深く頭を下げた。一天万乗（いってんばんじょう）の君である皇帝陛下が頭を下げるなどあってはならない。

侍従達が慌てるが、皇帝陛下は頭を上げず、絞り出すように言った。

「済まぬ……！」

う、その声はそれこそ断腸の思いを音声化したような苦い響きだった。皇帝陛下の悩みと苦しみが目に見えるようだった。皇妃陛下も頭を下げている。

セルミアーネは自分も苦いものを噛み砕いたような顔をしていた。

「陛下のご責任ではございません。頭など下げないでください」

「本当に済まぬ。このような事態になろうとは……。そして、私の願いを聞いてくれて本当にありがとう」

「そなた達には本当に済まないと思っております」

皇帝陛下と皇妃陛下に平謝りされれば、さすがの私も恐縮する。先ほどまで感じていた、自分の知らないところで物事が決められて行く不快さも雲散霧消（うんさんむしょう）した。

だが、セルミアーネは苦々し気な表情を消さない。

「……皇太子殿下のご容体はそれほど悪いのですか？」

皇帝陛下と皇妃陛下の表情がさらに曇った。特に皇妃陛下は昨年見た時よりもやつれ切ったお顔で、悲し気に首を横に振った。

「あれは……。もうダメでしょう」

「そんな……」

「侍医も、もうもって数ヶ月だと」

セルミアーネは顔を両手で覆った。セルミアーネが皇帝陛下の庶子だとすれば、皇太子殿下はセルミアーネの異母兄になる。いくらかは交流があったのだろうか。

「これからのことを説明したい。よいか？」

「陛下。今日は皇太子殿下のお見舞いをして一度帰らせていただけますか？　先に妻に、説明をしておきたいのです」

セルミアーネと両陛下が私のほうを見た。

「分かった」

私とセルミアーネは案内されて、帝宮内部を延々と歩いた。そして行きついた先に小さな扉があり、左右を騎士が守っていた。セルミアーネが黒い指輪を見せると中に入ることが許される。

そこは去年入った皇帝陛下がお住まいの内宮と同じような雰囲気であったが、あそこよりもずっと静かだった。というか、侍女も侍従も息を潜めているようだった。

少し行った先に寝室があり、大きな天蓋つきのベッドがある。数人の侍女と何人かの男性がいたが、私達が入るとそっと避けて壁際に控えた。少しすっきりするような香が焚かれ、数種類の花の匂いが混じっていた。

セルミアーネと私は枕元へ進んで、そこに横たわる人物と対面した。

薄茶色の髪をした、大柄な男性であった。骨格もよく、元は雄大な体格だったろう。だが、この時は明らかに痩せてしまっていた。ガリガリだった。頬はこけ、青い目は落ちくぼみ、唇は乾いている。男性はふっとセルミアーネを見ると破顔した。

「おお、セルミアーネではないか。よく来たな」

声にはまだ力があるが、本来はもっと張りのある大きな声だったのだろう。多分、かなり豪放な方で、武勇にも優れていたと推測される。

「……皇太子殿下」

「なんだ。ここに来たということはそなたが継ぐことになったのだろう？　なら私のことは兄上と呼べ」

セルミアーネは泣きそうな顔をしていた。そんな顔は初めて見る。

「……兄上……」

「ははっ！　ようやく言わせたぞ。子供の頃は普通にそう呼んでくれていたのに。そなたから『殿下』と呼ばれて私がどれほど悲しんだか」

「すみません……」

「まぁ、よい。こうして死ぬ前にそなたに会えて嬉しいぞ。そちらがそなたの妃か？　なかなか美しい姫ではないか。皇太子妃に相応しい」

セルミアーネは皇太子殿下の手を握ると言い聞かせるように言った。

「そんなことをおっしゃってはいけません。兄上はお強い方。病などに負けませぬ。心を強くお持ちください」

「ははっ！　そなたに元気付けられるようではお終いだな。言われるまでもないさ。簡単に負ける気はないとも」

皇太子殿下はカラカラと笑った。だが、その目には隠し切れない絶望が見え隠れしている。それはセルミアーネにも分かっているだろう。彼は涙をこらえていた。

「だが、私にもしものことがあった時には、そなたが父上の後を継ぐのだぞ。私はそのためにそなたを鍛えたのだからな」

「兄上……」

「まぁ、本当はそなたに背負わせるつもりはなかったのだが……」

皇太子殿下は遠くを見るような眼をしていた。セルミアーネではなく、もっと違う、これまでの自分の人生に想いを馳せるような視線。そしてその全てをセルミアーネに託すかのように、皇太子殿下はセルミアーネの手を痩せこけた手でしっかり握って言った。

「兄が死んでから、私は父の後を継ぐために懸命に努力をしてきた。故に自分が皇帝になれないのは無念だが、そなたが継いでくれるなら不満ではない。可愛い弟よ。けして皇位をほかの者に譲るなよ？　そんなことになったら化けて出るからな」

その言葉はあまりに重く、セルミアーネも私も言葉を返すことができなかった。私は後々になっても、この時の皇太子殿下の無念そうな笑顔をありありと思い出すことができた。

帝宮から引き揚げてきた私達は、家に入るなり二人してソファーに崩れ落ちた。帰りの馬車には護衛騎士が十二人もつき、今でも家の門前には三人もの騎士が護衛に立っている。一瞬にして身分が変わった気分だ。いや、実際変わったのだけれど。

小一時間ほど倒れたまま意識を飛ばしていた私は、よろよろしながら起き上がり、ケーメラに手伝ってもらいながら庶民服に着替えると、居間に戻った。

セルミアーネもいつもの服を着て居間に入って来て、椅子に腰かけた。テーブルを挟んで向かい合い、しばし沈黙する。

「さて」

私はセルミアーネを睨んだ。ようやく睨む気力が戻ってきた。

「説明をしてもらいましょうか。初めから、最後まで」

セルミアーネは目と目の間を揉むと、真摯な視線で私を見据えた。

「分かった。最初から全部話そう」

そう言ってセルミアーネが語り始めた驚愕の物語は、実に明け方近くまで続いた。

【第8話】セルミアーネの秘密

全てはセルミアーネのお母様であるフェリアーネ様が、現皇妃陛下であるコラナムール様の侍女になった時に始まった。

侯爵令嬢のコラナムール様が皇太子妃として入内(じゅだい)した時に、子爵家の三女だったフェリアーネ様が侍女につけられたのである。

コラナムール様は当時十五歳。フェリアーネ様も同じ歳だった。二人は非常に仲良くなり、主従の枠を超えて親友同士になられたのだという。

フェリアーネ様は皇太子妃として帝宮で頑張るコラナムール様を献身的に支え、それこそ自分の縁談を全て蹴ってコラナムール様にお仕えしたのだそうだ。その甲斐あってコラナムール様は二十二歳で無事に皇妃陛下に即位された。

フェリアーネ様は長年の献身を評価され、帝宮内宮の侍女長に任命され、子爵夫人の身分を賜った。本当は伯爵夫人という話もあったそうなのだが、フェリアーネ様が固辞なされたのだという。

コラナムール様は十六歳で第一子の皇子、二十歳で第二子の皇子、二十五歳で第三子のこれまた皇子をお産みになった。皇子が三人だ。皇室はこれで安泰。そう考えていいところだったろう。ところが、これがそう上手くは運ばなかったのである。

まず、第二皇子が七歳の誕生日前に身罷られた。病死であった。まぁ、子供が成人前に亡くなることは貴族の子女でも珍しくはないから、仕方がないことではある。私の兄姉が全員成人を迎えられたのが非常に稀なことなのだ。

皇帝陛下も皇妃陛下も大変嘆き悲しまれたが、皇子はあと二人いる。第一皇子は健康に育って、しかも父親である皇帝陛下に似て武勇にも優れており、成人と同時に立太子もされた。非常に優れた皇子だったそうで、将来を嘱望され、帝国は安泰だと誰もが思っていた。

ところがこの皇太子殿下が十六歳で出征した戦場で命を落とされるのである。事故のような討ち死にだったとのこと。

帝国には激震が走ったらしい。皇太子を失った帝国そのものもそうだが、最愛の長男を失った皇帝陛下と皇妃陛下の衝撃は深く、お二人は絶望のあまり床に就かれたほどだったという。皇帝陛下は安易に皇太子を出征させた自分を責め、一時は退位を口にされるほど絶望されたらしい。皇妃陛下も悲しみのあまり床に就かれており、皇帝陛下をお慰めし、励ますことができなかった。

その皇帝陛下を叱咤激励したのが侍女長であるフェリアーネ様だった。彼女は時に強い言葉を使って皇帝陛下を励まし、慰め、献身的に支えられた。そのおかげで皇帝陛下はなんとか気持ちを立て直し、皇太子殿下の復讐戦にも完勝し、帝国は動揺から立ち直ることができた。

その過程で、皇帝陛下はフェリアーネ様と情を通わせることになったのだという。皇帝陛下はフェリアーネ様に深く感謝し、フェリアーネ様も皇帝陛下を大変尊敬なさっていたので、ほどなく関係は深く親密なものになったらしい。

皇帝陛下は彼女との関係を不義の関係にしておくつもりはなかったらしく、ようやく少しお気持ちを立て直された皇妃陛下に相談したのだそうだ。

愛人の存在を妻に打ち明けるというのはよく分からないが、皇妃陛下はむしろ自分が伏せっている間に皇帝陛下をしっかり支えてくれたフェリアーネ様に深く感謝していて、彼女が皇帝陛下の愛情を受けられたことを誰よりも喜んだらしい。

そして、皇妃陛下の公認で、フェリアーネ様は皇帝陛下の公妾になられた。この時フェリアーネ様は三十二歳。エミリアン伯爵夫人位を賜り、引き続き侍女長を務めながら皇帝陛下のもう一人の妻となられたのだった。

ただ、フェリアーネ様は皇妃陛下の忠臣でありながら、皇妃陛下がご病気の間に皇帝陛下の寵愛(ちょうあい)を賜ったことに忸怩(じくじ)たる思いを抱いていたらしく、帝宮では侍女長として振る舞い、けして自分が愛妾であることはひけらかさなかった。

常にお仕着せを着て、賜った離宮もお断りして、自分は皇妃陛下の一侍女であるという姿勢を崩さなかったそうだ。こういう頑なところはやはりセルミアーネのお母様だわね。

フェリアーネ様はほどなく懐妊され、月満ちてお子が生まれた。それがセルミアーネだ。

お子の誕生を皇帝陛下も皇妃陛下も大変お喜びになったという。亡くなられたご長男の代わりという意味合いもあったし、あと一人、三男である新たな皇太子様しかいなくなってしまった皇族の次代に、もう一人皇子が加わるというのは大きな意味があったからだ。

すぐに皇帝陛下はセルミアーネを皇族として認知し、黒い指輪を与えた。そして成人したら皇子として公表しようと言われたそうだ。

ところがフェリアーネ様は産後の身体が癒えると、帝宮から下がることを申し出た。皇帝陛下も皇妃陛下も大いに驚き、翻意を促したが、フェリアーネ様の決意は固かった。

皇帝陛下は仕方なく私達が今いるこのお屋敷をお与えになり、フェリアーネ様とセルミアーネは帝宮を去った。この時に帝宮の侍従と侍女だったハマルとケーメラがフェリアーネ様につけられたのだった。

とはいえ皇帝陛下も皇妃陛下もフェリアーネ様と離れる気は全然なく、お屋敷に何度も何度も足を運ばれたそうだ。無論、お忍びでだが。セルミアーネも子供の頃から両陛下に可愛がられ、腹違いのお兄様に当たる皇太子殿下もよくいらしていたそうだ。

だが、フェリアーネ様はことあるごとにセルミアーネにこう言い聞かせていたのだという。

「あなたは皇帝陛下の血を引いていても皇子ではありません。ゆめゆめ勘違いしないようにしなさい。あなたは帝国の一騎士として、皇帝陛下を一生お支えしなさい」

　絶対に皇子として振る舞うことがないようにと厳しく指導・教育され、十歳の頃には皇帝陛下と皇妃陛下、そして皇太子殿下に対する時には臣下として振る舞うように強制されたそうだ。それは偏執的なまでに徹底していて、皇帝陛下ご一家に馴れ馴れしい態度など取れば、厳しく折檻すらされたらしい。


　セルミアーネも事情を知るにつれて、確かに自分が皇族であると貴族の間に知れ渡るのはよくないと考えるようになった。皇太子殿下に母親違いの弟がいるなどということになれば、次代の皇位争いの原因になる可能性があるからだ。

　実は皇太子殿下はお妃様を出産時の事故で亡くされている。そのため妃も子もおらず、皇帝陛下の後継者としての立場が磐石とは言えなかった。八歳下のセルミアーネの存在が知られれば、皇太子殿下のお立場がより揺らぐかもしれない。

　セルミアーネにその気がなくても、上位貴族たちに担ぎあげられる可能性がないとは言えない。セルミアーネは皇太子殿下を慕っていたし、尊敬もしていたからそんな事態が発生することは絶対に避けたかったのだ。

それに皇太子殿下を臣下として支えて行くなら身分を明かす必要はないだろうとも考えたらしい。騎士として出世して皇太子殿下にずっとお仕えしよう。セルミアーネはそう考えたのだ。

そうしてセルミアーネはお母様のご意向と、自分自身の判断で、自分は皇族ではなく一騎士として生きて行こうと決めたのだそうだ。


そんな中、セルミアーネ十二歳の時にフェリアーネ様がご病気で亡くなられてしまう。

皇帝陛下と皇妃陛下のお嘆きは相当なもので、セルミアーネを抱き締めて泣き続けたそうだ。

お二人はセルミアーネをご養子にして正式に皇子とするご意向だったようだが、セルミアーネがこれを固辞。十三歳のお披露目を一騎士としてしてくれるように頑強にお願いしたのだそうだ。フェリアーネ様譲りの頑固さに皇帝陛下は折れて、セルミアーネを一騎士とすることに同意してくださった。


ただ、皇帝陛下は一つだけセルミアーネに約束させたのだという。

それは「皇統が途絶えそうになった時には、皇室に戻ること」だった。もともとこれは皇太子殿下が亡くなられた時というよりは、皇太子殿下にお子ができなかった時のための話だったらしいが。

皇太子殿下の系譜が途絶えれば、皇室の正統が絶えてしまう。それは確かに重大事だ。セルミアーネとてそんな事態は望まなかったので、これを了承した。

ただ、この時は皇太子様は健康でまだ若く、お妃様を失った悲しみが癒えれば新たな皇太子妃を迎えるだろうと予測されていた。実際縁談も多数あったので、セルミアーネはこの約束が活用される日はこないだろうと思っていたらしい。

ところが皇太子殿下は昨年冬からにわかに体調を崩された。セルミアーネも心配はしていたようだが、まさかここまで悪くなっているとは思わなかったらしい。

今回、皇帝陛下からのお手紙で事情を知って真っ青になった訳だ。しかしながら皇帝陛下とは確かに約束をした。それ故、今回の皇族入りを決断したのだそうだ。

……ここまで聞いて私はちょっと呆然とした。よくもまあ、今の今まで私に秘密にできたものだ。

いや、私がちょっと鈍いのはともかくとして。つい昨日までセルミアーネの生活や態度は完全に一騎士のそれで、家計のやりくりに悩むところや庶民服を着て一緒に市場に出かけたり、狩りに出かけたりするところは平民的ですらあった。まさか皇族とは思わない。

しかしそれはそれとして、私は腹が立ってきた。

「……どうして私にこのことを今まで言わなかったの？」

私、妻なのに。人生の伴侶なのに。夫のことを知らな過ぎではなかろうか。それもこれも彼が秘密にしていたからだ。妻に隠し事をするってどうなのよ、それ。夫婦の信頼関係はどうなっちゃうのよ。

私はむむむっとセルミアーネを睨む。彼は私の目を見ながら、至極真剣な口調で言った。

「一生、隠し通すつもりだったからだ。墓場まで持って行くつもりだった」

……なんという固い決意であろうか。最愛の妻にまで隠すのだから、どこの誰にも話す気はなかったのだろう。

そもそも、私を娶る時に自分が皇族であることを打ち明けていればお父様は仰天しただろうが、まず間違いなく簡単に私を勝ち取れたはずだ。しかし彼はそうしなかった。

あれほど執念深く、資産のほとんどを投げ打つ真似までして私に求婚したのに、自分の生まれを利用しなかったのである。その一事を見ても、確かにセルミアーネは自分の生まれを誰にも、私にさえも隠し通すつもりだったことが分かる。

「私は兄上がいる限り皇族にはならないのだから、つまり一生皇族にはならず、そんなことは誰にも、ラルにも言う必要はないと思っていたんだ。私は騎士として兄上を、皇統を支え、一生を終わるつもりだった」

「どうしてそんなに皇族になりたくなかったの？」

「なりたくなかったのではなく、なってはいけないと思っていたんだよ。母は常々『自分は皇妃陛下に多大なご恩を受けた。その私の子であるあなたが皇妃陛下の皇子と同列などおこがましい』と言っていた」

母親の考え方、価値観というのは子供にとって呪いのようなものだ。幼少時から強く言い聞かされればそういうものだと思い込む。セルミアーネの考え方にはフェリアーネ様の多大なる影響を感じる。

「私は兄上を尊敬していたし、次代の皇帝である兄上の御代を騒がせるような真似はしたくなかった。だから私は皇族にならずに一騎士としてお仕えするのが一番だと思ったんだ」

かなり突っ込みどころ満載の考え方だが、セルミアーネはそう頑なに信じているようだった。

私はため息を吐きつつ言った。

「皇帝陛下ご夫妻や皇太子殿下は、何度もあなたに皇族になってほしいとお願いされたんじゃないの？」

「ああ、母が亡くなってから、何度か内宮に呼ばれてそう請われた。固辞したけど」

「その時に皇族になっておくべきだったわね」

セルミアーネは驚いたような顔をした。分かっていないんだろうね。

「皇太子殿下にはもうあなた以外にご兄弟がいらっしゃらないんでしょう？　それだと、もし即位した時に周りにお身内がいらっしゃらなくなるわ。頼りになる身内に側にいてほしいと思って当たり前じゃないの」

セルミアーネは意表を突かれたような顔をした。

「それに、今回のように皇太子殿下に何かあった時の備えとしてあなたにいてほしかったんでしょ。そのほうが引き継ぎがスムーズに済むし」

フェリアーネ様もセルミアーネも皇子が複数いることのデメリットにばかり目を向けて、メリットも多いのだということをよく考えていなかったように思える。私は兄姉と仲がいいから分かるが、信用できる身内がたくさんいるというのはそれだけで心強いものなのだ。

「そういうふうに考えたことはなかった」

セルミアーネは肩を落としていた。まぁ、思い込みというのは怖いものである。私だっていろいろ人のことは言えない。

とりあえずその辺は置いておくにしても、ことがこの期に及んでは大事なのは過去ではない。これからだ。

セルミアーネは本当に皇帝陛下の庶子で認知された皇子であり、皇太子殿下があのご容態な以上、昔からの約束通りに皇族に戻るしかなく、つまり皇太子になるしかなく、その妻である私は必然的に皇太子妃になるしかない、ということだ。

ひ～。あり得ないんですけど。

「……だからあの時、皇帝陛下は私が侯爵令嬢だと知って喜んでいたのね？」

「ああ。陛下は私に何度か高位貴族との縁組を提案してきていたんだ。私は断っていたが」

セルミアーネが平民や下位貴族と結婚して子供でも作ろうものなら、彼を皇族に戻す時に問題が生じただろう。皇帝陛下はそれを恐れたのだ。

その点私は中身はともかく侯爵令嬢で身分は折り紙つき。文句のつけようがない。それどころか、さっきの式典で皇帝陛下がお兄様に後援を頼んだように、セルミアーネの立太子にカリエンテ侯爵家の全面支援すら期待できる。

これが私がどこかの馬の骨で、セルミアーネが貴族界で孤立無援の状態であったら、ほかにも傍系の皇族はいるのだから、セルミアーネがスムーズに皇太子になれるとは限らなかっただろう。何しろ彼は母親の身分が低く、そちらからの後援は期待できない。

さらに言えば私には兄姉がたくさんいる訳だが、特に姉達は全員が上位貴族に嫁いでいる。お姉様方はセルミアーネのことを大変気に入っているから、その夫達の家もセルミアーネを支持してくれることは間違いないと思われる。

ちなみに長姉は公爵夫人、次姉・三姉は侯爵夫人、四姉・末姉は伯爵夫人だ。それだけでも上位貴族の一大勢力になる。侯爵、伯爵、子爵、伯爵家婿、子爵家婿のお兄様方を含めたら貴族界の一大派閥だと言っていい。これが全員セルミアーネ支持で一致すればセルミアーネの立太子への有力な支援となるだろう。

つまり私と結婚したことが、皮肉にもセルミアーネの皇位継承を強力に後押しすることになる訳だ。私もセルミアーネも考えてもみないことだった。……いや、どうだろう。

「セルミアーネは皇帝陛下から勧められた高位貴族との縁談は断ったのよね？　皇族にならないために。じゃあなんで高位貴族の私と結婚したの？　やっぱり皇族になった時のためなんじゃないの？」

あえて平民と結婚してしまえば、セルミアーネは確実に皇位から遠ざかることができたろう。それなのになぜそうしなかったのか。やはり少しは皇位に未練があったからではないのだろうか。しかしセルミアーネは驚いた顔をした。

「君が高位貴族だなんて思ったことはないよ！」

……ごもっともだ。言っておいてセルミアーネはなんか違うと思ったらしく、言い直した。

「君を好きになった時に身分なんて気にしなかったよ。というか君に出会って私は身分にあまり縛られなくなったんだ」

どういうこと？

セルミアーネは思い出したらしく、今日初めて柔らかく笑った。

「私は君に会うまで、何をするにも『自分は一介の騎士なんだから』といちいち自分に制限をかけていたんだよ。身分を踏み越えてはいけない、と。それは無意識に自分が皇子だと考えている行為に思えたから」

　だから令嬢がいじめられていても、騎士には上位貴族を咎められない、と行動できなかった。

「でも、君はあの時、身分など蹴り飛ばしてみせたね」

　蹴り飛ばしたのは伯爵令息だったけどね。

「でも、あんなことをしでかしたのにお咎めがなかったのは、結局お父様が侯爵だったからよ？」

「いや、普通の侯爵令嬢ならあの場は『身分低い者は虐げられて当然』だと見做す。それもまた身分のしがらみだ。君が動いたのは純粋にいじめに対して怒ったからだろう？　そう。不正義に対しては怒るべきなのだ。身分などに関係なく。後先など考えず。そして走り出すべきだ。蹴り飛ばすべきだ」

　あの時の私は考えなし過ぎだと思うけどね、今思うと。だけど、確かに今同じ状況に出会っても、やっぱり同じように飛び蹴りを放つだろうな。

「私はあの時の君を見て、身分よりも大事なことを思い出したんだ。大事なのは身分よりまず自分の考えだ、自分の正しいと思うことだ。それを実行するのに身分なんかに遠慮することはない」

　セルミアーネは楽しそうに目を閉じた。

「あの時、私は私の進むべき道を指し示されたような気がした。今回、あれほどに母に禁じられていた皇族への復帰を決めたのも、あの時の気づきがあったからだ。いわば、君のおかげだと言える」

　セルミアーネは目を開き、そして手を伸ばして私の両手を自分の手で包んだ。

「君に黙っていたのは本当に済まなかった。私は君とここでずっと楽しく暮らせればいいと、そう思っていた。君に意に沿わぬことをさせることなど考えもしなかった。だが、私は、父上と兄上の願いに応じることが自分のすべきことだと思う」

　セルミアーネの青い目は本当に真剣な光を放っている。

「……君が約束を破った私に怒り、皇族などまっぴらごめんだ、と思うなら……離縁に応じようと思う」

　……私達は沈黙したまま見つめ合った。セルミアーネの目には緊張の色がにじんでいる。そして私は――

　怒っていた。

　グツグツと怒っていた。グググっと怒りが湧き上がり髪の毛が逆立ちそうだった。

　セルミアーネを睨みつけると、その眼力にセルミアーネも私の怒りに気がついたようだった。

「ラル……？」

「人を！　馬鹿にして！」

　私はセルミアーネに握られていた手を振り解くと、テーブル越しに彼の襟首を掴み、力任せに引き寄せると、そのまま背負い投げの体勢に入った。

「こんの！　馬鹿亭主が〜！」

渾身の背負い投げが炸裂して、セルミアーネが床に叩きつけられる。

大柄なセルミアーネだから家中が震えるような大きな音がしたが、騎士だけに受け身も上手く大して効いてはいないだろう。

私は続けて彼の足を両脇に抱えると、そのまま力任せに振り回した。

「ラル！」

さすがにセルミアーネが慌てる。だが私は構わずぶん回し、放り投げた。

「うわああ！」

セルミアーネは吹っ飛んで壁に叩きつけられた。反射神経のよさで頭は守ったようだが、壁は見事に凹み、漆喰の破片がガラガラと崩れ落ちる。

私はさらに飛びかかり、粉を被って真っ白になっているセルミアーネに馬乗りになり、襟首を締め上げた。本気で締めた。これにはセルミアーネの顔色が変わる。私の手首を掴んで引き剝がそうとするが、私は全身全霊の力を込めて締める。

「ラル！」

ついにセルミアーネも本気になって私の手首を引っ張った。さすがに膂力では敵わない。ジリジリと引き剝がされる。すかさず私は間近にある彼の額に頭突きをかました。ゴチン！といい音がした。

「ぐっ！」

力が抜けた隙にまた襟を締めようと思ったが、そこはセルミアーネに読まれていた。ガッチリ私の手首を掴んだままだ。また頭突きをしようとしたが、セルミアーネは私を引き寄せて頭を引く距離を取らせない。ジタバタと攻防したが、セルミアーネも必死だ。私達は額を押しつけ合うような姿勢で膠着（こうちゃく）した。

「ラル、落ち着いて！」

セルミアーネが叫ぶ。私は間近からセルミアーネを睨みつけつつ唸るように言った。

「あんた、私をなんだと思ってるの！」

セルミアーネは顔中に汗を浮かべながら言った。

「わ、私の妻だよね」

「そうよ。あなたの妻よね。その私が、夫がこれから大変なことになるって時に、離縁して逃げるとでも思ってるの？」

セルミアーネは息を呑んだ。セルミアーネは私の性格をよく知っている。自分の失敗に気がついたのだろう。

「そ、そんな意味じゃ……！」

と、言い訳しかけてやめる。セルミアーネは私の性格をよーく知っている。下手な言い訳は火に油を注ぐと気がついたのだろう。夫婦喧嘩は何もこれが初めてではない。

「……済まなかった。私が悪かった」

よし。だが、まだ力は緩めない。私はキスをする時くらいに間近に見えるセルミアーネに向かって噛みつくように言う。

「じゃぁ、私に何か言うことがあるんじゃないの？」

セルミアーネは逡巡したようだった。

「だ、だが、君は……」

「言いなさい。あなたの望みを！　あなたは私に何を望むの！」

セルミアーネの青い瞳が揺れ、そして覚悟を込めてグッと引き締まった。

「君に側にいてほしい。私を、助けてほしい。もしも私が皇帝になるようなことがあっても、だ」

「よし！　分かったわ。あなたの、望みのままに」

私はようやく手から力を抜いた。すると、全身からガクッと力が抜けてしまう。さすがの私でも熊より強い夫と格闘するのはきついものがあったのだ。

私はベタッとセルミアーネの胸に身体を預けた。セルミアーネは苦笑しながら私のことを抱き締めてくれた。

「後悔しない？」

「もうしてるわ」

だが、私は逃げるのは嫌いで、負けるのはもっと嫌いだ。やるからには逃げる気も負ける気もない。やってやるわよ。皇太子妃？　どんと来いだ。そして。

「……今度、離縁がどうとか言い出したら本気で締めるからね」

「肝に銘じておくよ」

セルミアーネは嬉しそうに私のコブのできた額にキスをした。私はセルミアーネの胸にベタッと頬を伏せてセルミアーネから表情を隠す。

内心、ちょっとこれは大変なことになっちまったぞ、と思いながら。

【第9話】帝宮への引っ越し

衝撃の一日から三ヶ月後、私とセルミアーネは帝宮内部にある離宮に引っ越すことになった。両陛下とセルミアーネが何度か話し合った結果、セルミアーネはとりあえず皇子身分で帝宮に入り、皇太子代理となって公務を早急に引き継ぐ。そして皇太子殿下がお亡くなりになり次第、セルミアーネを皇太子とすることになった。

人の死を前提に予定を組むことに抵抗はあるが、国家運営は一日だって停滞させられない。皇太子は公的な地位であり、皇太子府は公的な機関である。麻痺(まひ)しないように維持するのは感情の問題ではなく、政治的な責務なのだ。

帝宮に引っ越すまで、私達は今まで通りの生活を……できる訳がなかった。準備に大わらわになってしまったのだ。

セルミアーネは引っ越す前から騎士団ではなく帝宮の皇太子府に職場が変わり、皇太子代理として引き継ぎを始めた。毎日帝宮まで馬車で出勤して、暗くなるまで帰って来ない。

何しろセルミアーネはこれまで騎士の仕事しかしたことがなかったのだ。それがいきなり皇太子代理である。それこそ一から勉強し、覚えなければならないことが山のようにある。それでいて皇太子殿下は既に執務ができる状態にないので、実務もこなさなければならない。セルミアーネは慣れない仕事に毎日へとへとになっていた。（ちなみに、こんなに引き継ぎを急ぐ割に引っ越しまでに三ヶ月も空いたのは離宮の準備が間に合わないからである）

では私は暇だったかといえば、そんな訳がない。私も大変だった。

あの日の翌日には実家から呼び出しを受けた。仕方なく出向くと、お父様お母様を筆頭に一族全員が大集合していて、血走った目で質問責めにされた。無理もない。とは言っても私も知らないことが多過ぎて満足に答えられなかったけど。

それから一族会議が繰り広げられた結果、カリエンテ侯爵家としても皇太子妃を出すというのは名誉なことであるし、権力的な意味でチャンスでもある。なので私とセルミアーネを一族挙げて全面的に支援してくれることになった。

それはどうもありがとう。と、そそくさと帰ろうとしたのだが、そうはいかなかった。私はお母様、お姉様達にガッツリ捕まった。な、なんでしょう？

「今のあなたをそのまま帝宮に上げられる訳がないでしょう！　一族の恥になります！　あなたは今日から一族の女性の頂点になるのですよ！　自覚しなさい！」

私はその時、綺麗目のブラウスにボディスにスカートにブーツという格好だった。少し上等だが庶民服だ。確かにこの格好では帝宮には入れなかろう。

「大丈夫ですよ。お母様。帝宮に行く時にはちゃんとドレスを着ますから」

「何を馬鹿なこと言っているの！　ドレスって嫁入りの時に持たせたあれでしょう？　あんな安物が皇太子妃の格に合うものですか！　大至急新しいものを仕立てなければ！」

「それと、作法にマナー！　そんなドタドタ歩きで帝宮を歩いてはなりません！　あなたの一挙手一投足が一族を代表すると思いなさい！　今日から毎日ここで特訓します！」

ひょえ～！　た、大変なことになった。

お母様達の目は本気も本気で、実際、私は毎日逃げられないように馬車で迎えに来られ、侯爵邸で特訓を受けることになった。

最高級のドレスを山のように作られ、その仮縫い、試着だけでも大騒動だ。宝石もたくさん着けられては、これは何々という石、これはどこ産、これは偽物が多いから気をつけろなどと教育された。宝石の目利きは貴族女性にとっては必須の能力なのだそうだ。

お作法マナーなどは、それこそ手の上げ方から足の下ろし方まで注文がつく。

話し方は単に口調だけではなく、持って回った言い回しだとか、微妙な間で自分の感情を表す方法だとかまで教えられた。目の開き方で侍女に合図を送る方法なんてものがあるのも初めて知ったわよ。座った時の指の形も疎かにできない有様で、とても全部は覚え切れない。

それもそのはず、もしも皇太子妃を一族から出そうとするのなら、皇子がお生まれになって二年から五年以内に生まれた女児を、立って歩く前から教育するものなのだという。

七歳を過ぎた辺りでそういうお妃候補を集めたお見合いが始まり、気が合うと思われた女児の中から家柄や貴族界の勢力や皇帝陛下のご意向などを踏まえて十歳くらいまでには許嫁（いいなずけ）を決定すると、教育は本格化。それこそ朝から晩まで完璧なレディになるべく各方面から徹底的な教育が施され、十五歳くらいでご成婚の運びとなる。

無事に結婚できればいいが、皇太子殿下が別の令嬢に恋をしてしまいお話がご破算になる例もままあるらしい。なんというか、貴族令嬢も大概楽ではない。

ちなみにこのお妃教育についての話を、皇妃陛下に本当なのかと後に聞いてみたら、乾いた笑いを浮かべながら遠い目をされていたので、多分本当の話のようである。

当たり前だがこの間は森にも市場にも行けず、ストレスは溜（た）まる一方だった。しかしお母様曰（いわ）く、帝宮に入ればストレスはこんなものではないそうで、出入りする貴族婦人はもちろん、帝宮の上級侍女ですらお作法にものすごく厳しく、皇妃陛下のお客様としてお呼ばれしたお母様ですら気が抜けないところなのだという。無作法なことをすれば冷笑が飛び、すぐに社交界全体で噂になってしまうのだそうだ。何それ怖い。

「大丈夫ですよお母様。私みたいな突っ込みどころしかないお作法なら、呆れて噂にもなりませんよ」

「あなたが呆れられるのはいいとして、どういう教育をしてるんだと笑われるのは私なんですからね！」

「それはそうでしょうけど、実際、お母様には教育されずに田舎で遊びまわっていた訳ですし」

「それを言われるとつらいんですけどね……」

お母様は首を振った。お母様とて田舎で猿のように暮らしていた私にいきなり皇太子妃は無理だと分かってはいるようで、しきりに私のことを気の毒がっていた。何度か暗にセルミアーネと離縁する気はないのかと尋ねられたほどだ。「インクルージュのほうをセルミアーネ様と結婚させておけばよかったわ」などとまで言っていた。

インクルージュは私の一番上の兄、現侯爵の娘で私の姪だ。私に求婚に来るセルミアーネに熱を上げていた例の三歳下の姪である。

実際、幼少時より侯爵家第一令嬢として厳しく躾けられていた彼女ならまだしも皇太子妃に向いていただろう。その彼女自身はまだ嫁に行っておらずこの時はまだ侯爵邸にいて、私の教育に協力してくれていたのだが「私の目には狂いはなかったわ」と鼻高々だった。もっともその彼女ですら「皇太子妃なんて私には無理」と慄いて私と代わりたいとは言わなかった。

私はセルミアーネと離縁する気はなく、セルミアーネに大口を叩いた以上皇太子妃になることを回避する気もなく、必然的にお母様達の即席お嬢様教育からも逃げられなかった。逃げる気はなかったけどね。

時に無茶を言うお母様お姉様達と言い合いをしながらも必死で勉強したおかげで、なんというか、他人のようであった家族と遠慮のない交流が持てるようになった気がする。

お母様やお姉様は及第点は出してくれなかったが「まぁ、前よりは少しはマシになってきたような気がするわね」とは言ってくれた。元がひど過ぎる点については目を逸らしておきたい。

例外的にダンスだけは、あっという間に上達してお母様達を驚かせた。私は運動が得意で、筋力もある。こんなもんコツを摑めば鹿を撃つよりよほど簡単だ。むしろフラストレーションが溜まる一方の教育期間に身体を思い切り動かせる唯一のチャンスで、息抜きにさえなった。

誰にも一つくらい取り柄はあるものね、とお母様は言った。

お作法のほかにも基礎教養や帝国の歴史や皇室の歴史、貴族名鑑などを学ぶ必要もあったが、時間がかかり過ぎると除外され、お茶会や園遊会、夜会各種の開催要領については「その時は私達を呼びなさい」とお姉様達が力強く請け負ってくれた。

どうやら一族内では「こんな娘に皇太子妃は無理だ。いや、なってしまうと決まっているものは仕方がないけど、とても一人で帝宮には入れられない」という結論になったらしい。親戚の女性が二人、侍女としてつけられることになった。

一人は少し年上でふくよかな身体に黒髪の伯爵夫人のエステシア。もう一人は私より二つ下で金髪がフワフワした子爵令嬢のアリエスだった。親戚と言っても初対面だったが、教育期間

中一緒にあれこれやって大分気心も知れた。これなら全然知らない人だらけの帝宮に行くよりは気が楽である。

エステシアは通いで、アリエスは住み込みで私の面倒を見てくれることになった。エステシアは、伯爵夫人だけに帝宮の勝手も知っていてそれほど緊張はしていなかったが、アリエスは「帝宮に住み込みなんて気が重い」と嘆いていた。

エステシアには侍女というより私の教育係、ボロを出させない係の役目が課せられていたので、私が何かしでかすとこと細かに注意してくれた。アリエスは私の身の回りの世話係だが、私より遥かにお作法に詳しいから私は彼女にも遠慮なく分からないことを聞いた。二人とも教育期間中に私の無作法を見ていたし、性格も把握したらしく、すぐに遠慮容赦なく接してくれるようになった。

何しろ彼女達には一族から「私が何かしでかしそうになったら止めるように」という無茶振りが課せられていた。それが如何に難しいことであるかを、二人は帝宮に入ってから何度も思い知らされることになる。

そんなこんなで大騒ぎしながら準備をした挙句、私とセルミアーネは帝宮に用意された離宮に引っ越したのであった。ちなみに、住んでいた邸宅はそのままハマルとケーメラに維持してもらうことにした。扱いとしては私達の別邸ということになる。

セルミアーネも私も私物はあらかた置いていった。庶民服や狩りの道具を帝宮に持ち込んでも仕方がない。代わりに侯爵邸から山のように作られたドレスを始め、家具や部屋の装飾、大量の花など馬車七台に及ぶ引っ越し荷物が持ち込まれた。馬車自体も侯爵家の紋章の入った壮麗なもので、護衛の騎兵も着飾り、その豪華さに見物人が出るほどだった。

私も純白の花嫁衣装じみたドレスで完璧に着飾らされて屋根のない馬車に乗せられている。見物人はそんな私を見て歓声を上げていた。まるで見世物だ。

「なんでこんなに目立たなければいけないのですか？」

「侯爵家の令嬢が格上の家に嫁ぐ時はいつもこんなものですよ」

介添え役として同じ馬車に乗っていたお母様はあっさりおっしゃった。

つまりこの車列は、私の嫁入り行列のやり直しなのだ。皇族入りする私の結婚式が先のあれでは侯爵家の威信に関わるから、新たに結婚行列だけでもやり直して上書きしたいらしい。

私の気分としては、故郷でやったあれと結婚式とでこれが三回目の結婚式の気分なのだが。

先頭の馬車からは花が撒（ま）かれ、見物人はそれを拾って花びらをちぎり、私に向かって放り投げる。おめでとうの声もかかる。まるっきり花嫁への祝福だ。私とっくに結婚しているんだけどね。同じ馬車に乗っている青い礼服姿のセルミアーネも苦笑している。

この青い礼服だが、皇族のみに許される軍礼服で、軍に所属している皇子しか着ないものらしい。皇太子殿下から押しつけられたものだそうで、青は帝国皇室を象徴する色なのだそうだ。

結婚式の時に着たのは私との式で一番いい服を着たかったかららしい。確かに波打つ美しい青い生地に、複雑な輝きがあって非常に豪奢だ。

「侯爵に気がつかれたらどうしようかと少し心配だったけどね。ここ何十年も誰もこれを着ていないはずだから、大丈夫かと思って」

なんで気がつかなかったかな、お父様。気がつかれたらそれはそれで大変だったろうけど。

車列は帝都民衆の歓呼を受けながら帝宮に入った。

私達に与えられた離宮は帝宮本館とほとんど隣接している。巨大な帝宮本館からは廊下や回廊でいくつもの離宮に接続されていて、非常に複雑な構成になっていた。よく知らないと迷子になる。

私は森の中を走り回ることができる方向感覚の持ち主なので大丈夫だったが、アリエスは実際何回か迷子になってべそをかいていた。

各離宮自体は皇帝陛下ご夫妻がお住まいの内宮もそうだが、二階建てのお屋敷でそれほど大きくはない。完全なプライベートスペースなので、落ち着いて寛(くつろ)げることを優先して造られているからだ。

それでも部屋はダイニングだけでも三つ、サロンが八つ、広間が三つ、寝室は個人用寝室と夫婦の寝室があり、クローゼットルーム、化粧室、お風呂、マッサージルーム、書斎……いや、全然大きくなくないな。本館の無茶苦茶な大きさを見てしまって麻痺してるだけだ。何しろ本館はダンスホールだけでいくつあるか数え切れないほどなので。

持ち込まれたドレスはあっという間にクローゼットルームに収納された。あんなに入るのかしらと思っていたのだけど余裕だった。家具類もあんなにあったのに人海戦術であっという間に収まってしまい、私やセルミアーネの意向も聞きながら配置され、飾りつけられる。

侯爵家から連れて来られた侍女や執事もだが、帝宮の侍女や侍従ものすごくテキパキ動いて仕事が早い。下働きに次々指示をしてあっという間に仕事を終わらせてしまった。は～。すごいわ。

それでも朝入って途中昼食休憩を挟んで、夕方までかかった。大変だ。へとへとだ。心配しかないという顔でお母様が侯爵家使用人を引き連れてお帰りになると、私はあやうくソファーに寝そべりそうになった。途端にエステシアに注意される。

「お妃様、気を抜いてはなりません」

自分の家で気が抜けないってどういうことなのよ。と思うのだが、普通のお妃様なら帝宮外宮で儀式や社交などで非常に緊張しながら過ごしていたものを、離宮に帰り外向きの仮面を外せるだけでもリラックスできるのだとか。

私の考える庶民的なリラックスが貴族基準であり得ないほどだらけ過ぎなだけなのだ。ナチユラルに作法やマナーが身についてさえいれば、無作法にならなくてもリラックスできるものらしい。本当かしらね？

ちなみに、私はこの時点ではまだ皇子セルミアーネのお妃様である。セルミアーネが皇太子になると私は皇太子妃になり呼称が妃殿下になるらしい。どうでもいい。

セルミアーネは引っ越しをある程度見たら皇太子府に出勤してしまった。皇太子になる訳だから詰め込み教育の大変さは私の比ではなく。元の家に住んでいた頃から帰って来てからも毎日遅くまで勉強していたほどだ。引っ越しの日でも休みにできないほど忙しいのだろう。

離宮の侍女は私が連れてきたエステシアとアリエス以外に上級侍女が三名、下級侍女が十五名いた。上級侍女は上位貴族の子女で私達の身の回りの世話。下級侍女は下位貴族の子女でそれ以外の仕事を担当する。この区分けだとアリエスは下級侍女になってしまうが、そこは妃である私が連れてきた持ち込み侍女なので特別扱いだ。

侍女以外にセルミアーネの世話をする侍従と従僕がいる。そちらは私はあまり会わないので人数さえよく知らない。ただ、離宮の侍従長はハボックといい、彼だけはいろいろ用事があってよく会うことになる。口髭白髪の細身の男性で、五十代だそうだ。帝宮は長いそうでなんでもよく知っていて、冷静沈着、あまり笑わない。

離宮の侍女長はエーレウラ・モンベルム伯爵夫人という人で、これまた冷静沈着・謹厳実直を絵に描いたような三十代後半の眼鏡美人だった。黒髪をいつもひっつめてお仕着せを完璧に着こなしており、笑うところなど見たことがない。見るからに厳しそうな人で私は最初ビビった。だが、実際にはかなり寛容だということを後に知ることになる。

エステシアとエーレウラは共に伯爵夫人で、同格の身分、侍女長と持ち込み侍女ということで初対面のこの日は少し緊張していたようだったが、私に振り回されるうちにそれどころではなくなって、同志的共感からか後には大分仲良くなっていた。

離宮にはほかにも平民——ただし貴族出身。予算の都合などで成人の時に指輪がもらえなかった者——の下働きが大勢と、護衛騎士が十数人いる。つまり、家の中に他人が大勢いるのである。

どこへ行っても何をしていても人の目がある。これには参った。

お風呂の世話をされるのは、ケーメラに強制的に世話されるようになって大分慣れたからいいとして、トイレの世話までされるのには本当に抵抗があった。なんの羞恥プレイだ。だが、貴族のドレス姿では確かに一人ではトイレができず、手伝ってもらうしかないのだ。

覚悟はしていたが、そんなふうに何から何まで違う生活の始まりに私の豊富なはずの体力・気力はたった一日でガリガリと削られた。

お風呂に入り、まだしも動きやすい夜着に着替え、巨大としか言いようがない天蓋つきのベッドにセルミアーネと入り、侍女が「お休みなさいませ」と言ってカーテンが閉められセルミアーネと二人きりになって、心底ほっとした。力尽きた。

セルミアーネも同じようにボロボロになっているだろうが、私はどうしても癒やされたくてセルミアーネにがっちりと抱き着いた。

は〜。ここにだけは以前と変わらないものがある。セルミアーネの筋肉質の身体の弾力、匂い、抱き締め返してくれる腕の力強さと頭を撫でてくれる手の平の優しさ。

「疲れた？」

そして穏やかな声だ。

「……ごめんなさい。あなたも疲れているのに」

「いいさ。私もくたびれたから君で癒やされないとね」

チュッと私の頭頂部にキスをする音がした。ううう。うちの夫は相変わらず優しい。そして私は情けない。まだ初日、これから延々と続くお妃様生活なのに既にかなりへこたれている。帰りたい。

「大丈夫、大丈夫。ラルなら大丈夫だよ」

セルミアーネの励ましがじんわりと心に沁み込んで来る。……本当は私よりも大変なセルミアーネを私が励ますべきなのに、助けなきゃいけないのに。

こんなんじゃいけない！　私は自分を奮い立たせた。明日から頑張ろうと思えた。は～。やっぱり私、セルミアーネと結婚してよかったな。セルミアーネがいなかったらこんなの一人ではきっと耐えられなかっただろう。私はなんとなくそう思って、セルミアーネの胸にキスをした。そしてそれだけで満足して眠りに落ちていった。

セルミアーネがいなければそもそもこんな苦労はしないで済んだのだ、とは不思議と思わなかった。

【第10話】皇太子妃（仮）

帝宮というのは恐ろしく巨大な敷地を持っている。帝都全体の敷地の実に五分の一を帝宮が占めているのだ。

帝国が建国された当時、帝都が建設された時には今の帝宮の外城壁の内側だけが帝都だったものが、帝国の拡大と共に帝都も大きくなり、旧城壁の内側は全て帝宮になったのである。

帝宮は皇帝陛下の居城だが、私達が住んでいるように直系の皇族とその姻族は帝宮内部の離宮に住む。場合によっては近臣も帝宮に屋敷を構えることがあるのだという。実際、現在二家ある傍系皇族の公爵家屋敷は帝宮内にある。この場合は離宮とは呼ばれず、本館とは直接回廊を繋げられないが。

帝宮は帝宮内城壁で囲まれ、さらにその外側に帝宮外城壁がある。内城壁と外城壁の間には広大な庭園や森があり、あちこちに官公庁の建物がいくつもある。ここまでは貴族なら誰でも入ることができ、官公庁のお役人である下位貴族が毎日出勤してくる。それどころかここに住んでいる者も多数いて、お役人や帝宮に仕える使用人の寮や、身分の高い使用人用の邸宅もある。そういう人向けの商店も出店が認められており――出店するのは貴族の血を引く者に限られるが――その辺りはちょっとした街にさえなっている。

内城壁は許可がないと通ることができず、使用人であっても出入りの際には身体検査される。身体検査を免除されるのは上位貴族だけだ。騎士や兵士によって内城壁は厳重に警備されていて、万の軍勢の攻撃にも耐えるという。内城壁の内側は帝国の中枢。帝国の心臓部なのだ。

帝宮本館は外宮であり基本的には政治の場だ。行政を司る皇帝府、皇帝府を補佐する皇太子府、立法を討議する元老院、司法の頂点である皇帝裁判所などがあり、皇帝に任命された上位貴族がそれぞれ仕事をしている。そういう上級のお役所のほか、謁見室、面会室、晩餐会室、サロン、ダンスホールなどが無数に存在し、これも全て政治に使われる。

帝宮では年中お茶会や各種夜会が開かれている。遊んでいるようにも見えるが、これらは立派な政治、つまり貴族のお仕事なのである。

例えば法律が新たに定められる場合、元老院で元老院議員の上位貴族が短時間討議しただけで法律が決まる訳ではない。まずは貴族の屋敷の夜会などに仲間うちで集まってそれとなく法案のひな型を作る。次に帝宮の夜会で反対勢力と打ち合わせをして相違点のすり合わせをする。さらには皇帝陛下にもそれとなくお話を持ちかけてご意見を賜る。それを繰り返して妥協点を見つけ、また夜会で根回しをして貴族界に周知し、最終的に皇帝陛下ご臨席の元老院で形式的な討議をして法律を決めるのである。新法のほとんどの部分は夜会で決められるのだ。

領地間の争いが起きた場合も、帝宮の夜会に繰り返し出てそこで味方を増やしたり相手方についた貴族を懐柔したりして優位を確保する。皇帝陛下はそのなりゆきを見ながら最終的に皇帝裁判所でご裁可を下すので、夜会での立ち回りが非常に重要になってくるのだ。

ここでモノを言うのが夜会における振る舞い方。要するにお作法、マナー、優雅な立ち振る舞い、高級でいて下品でない衣服、優れていてそれでいてウィットやユーモアに富んだ会話術、そして芸術的なセンスであり、人を引きつける魅力である。

貴族界における政治力にはそういうモノが多分に含まれており、正論ばかり言う夜会下手はどんなに頭がよくても相手にされない。だから上位貴族の子女は血眼になってお作法や芸術の勉強をさせられるのである。

貴族の妻にはそういう夜会で頑張る夫の援護をするという非常に重要なお役目がある。そのために帝宮で行われるお茶会に足を運んで、夫が有利になれるよう味方を作ったり敵の評判を下げたりするために画策する訳である。

その時にもお作法や芸術のセンスが格好の攻撃材料になる訳で、過去には皇妃陛下主催のお茶会にうっかり前回の社交と同じドレスを着て行ったがために評判を落とし、夫まで政界での地位を落としてしまった例もあるので本当に服装一つとっても気が抜けないらしい。

社交の度にドレスを使い捨てるなんてもったいないと思っていたが、夫の政治のための投資だと思えば安いものなのかもしれない。

おほほほほと笑っているだけに見えるお茶会や、はははは、と笑って踊っているだけに見える夜会がどうして政治なのかがお分かり頂けただろうか。私も知らなかった。

教育期間中にお母様達に懇々とお説教され続けてもよく分からず、実際にお茶会や夜会に出始めてようやく理解した。社交怖い。

帝国には諸侯領のほかに属国がいくつか存在し、それ以外にも周辺の友好国がたくさんあり、年中ご機嫌伺いの使節がやってくるほか、たまに敵対関係にある国からも情勢を探る使節が派遣されてくる。

そういう使節をおもてなしするために宴を開くのは立派に政治で、それも皇帝の仕事である。このもてなしに失敗して戦争が起こった例もあるから、本当に洒落にならないのだ。敵対国からの使節をもてなす宴などは細心の注意と準備が必要で莫大な費用もかかる。

帝宮本館はそういう政治を行う拠点であり、日夜各種の社交が繰り広げられている。華やかで優雅に見えながら、内情はドロドロピリピリしていて大変なのである。

この帝宮本館で一日中微笑みを顔に貼りつけ続けていれば、普通のお作法にさえ気をつけていればいい離宮に帰れば、リラックスできてしまうのも無理からぬことである。

私もほんの一ヶ月社交に出ただけでそのことを理解できるようになった。何しろ私は皇太子妃（仮）なのだ。社交に出ない訳には行かず、出ないどころかお披露目期間中である今は出られるだけの社交の場には全部出て、顔を売らなければならないので本当に大変だった。

そもそも一日のスケジュールが過密なのだ。朝、セルミアーネと朝食を食べたら、いきなりドレスの着付けが始まる。きっちりしっかりコルセットを締めての正装だ。宝飾品もフル装備。髪もきっちりセット。お化粧もばっちり。これでも夜会向けの装備よりは若干ラフなのだ。どこが違うのか私には分からないけれどそうらしい。

そして本館の庭園かサロンで行われる昼の社交に向かう。この数ヶ月、私はまだ社交の場を主催せず、皇妃陛下主催の社交の場に出席するだけだ。いきなり主催するのは無茶だし、社交を重ねて出席した貴族の反応を見てからでないとその計画も立てられない、らしい。

私に貴族の顔色を読むのは無理だから、私が出る社交の場には必ずお母様かお姉様、親戚の夫人の誰かが一緒に出てくださることになっている。

最も開催回数が多いのはお茶会で、これはほとんどがサロンで行われるが、庭園で行われることもある。内容は親睦を深めるために集まって、お茶飲んで、お菓子食べて談笑するだけだ。

だが、先ほども言った通り、それだけでは済まないのが貴族の社交である。お茶会で皇妃陛下に根回ししたことが皇帝陛下に伝わり、それが政治に反映されることも多々ある。

それだけでなく皇妃陛下は元老院におけるただ一人の女性議員であり、帝国の女性の意見を直接政治に反映できる唯一の存在だとも言える。皇妃陛下に直接意見を訴え、お心を動かすことができるお茶会は、貴族女性にとっては政治の場であり、政治そのものなのである。

それをおほほほと笑いながら無粋な直接的な表現を避け、婉曲的に回りくどく、時には手先の動きだけで表して、皇妃陛下に訴えるのである。訴えるほうも大変だが読み取る皇妃陛下も大変だろう。

他人事ではない。皇太子妃は次の皇妃陛下じゃないのよ！　一体どうやったらそんなスキルが身につくというのか。私は皇妃陛下のすぐ横に座らされ、笑顔を顔に貼りつけながら呆然とするだけだった。

皇妃陛下は私に好意的で、お優しく接してくださって助かった。これが意地悪姑だったら私はお茶会拒否症候群に罹ったかも知れない。

二人だけのお茶会や昼食会に招いてくださることもあり、そういう時は皇太子妃のお役目や心構え、ちょっとした行動のコツについてお話しくださることもあった。

ある時、何かの拍子にセルミアーネのお母様、フェリアーネ様のお話になった。フェリアーネ様の名前を出すと皇妃陛下は見るからに落胆した表情をなさっていた。非常に大切なお友達で唯一無二の腹心だったとおっしゃる。大変だった皇太子妃時代を手を取り合って乗り越えてきた戦友でもあったそうだ。

なんでも皇妃陛下とは関係が悪く、現皇帝陛下も皇太子時代には立場が絶対的ではなかったそうで、即位されるまで非常にご苦労が多かったそうである。

「……フェリアーネは最初から皇帝陛下、私の夫が男性として好きだったのよ」

「え？　そうなのですか？」

「そう。私が皇太子妃として帝宮に入った時に侍女についてからずっと。隠していたけど私は知っていたわ。絶対に表には出さなかったし、私も知らないふりをしていたけど」

それはセルミアーネの話になかったことだった。まぁ、セルミアーネも知らなかったのだろう。

「だからフェリアーネが皇帝陛下のご寵愛を受けた時、私は彼女の長年の想いが叶ったと知っていたから、友人として嬉しかったのよ。祝福したわ」

「その、嫉妬とかはされなかったのですか？」

私はセルミアーネに浮気されたら蹴っ飛ばしてしまう自信がある。

「全然。だけどフェリアーネはそうは思えなかったようね。何度も何度も謝られてしまった。終いには帝宮から出るという形で距離を置かれてしまった。早く亡くなったのも私への忠誠心と陛下への愛情への板挟みになって苦しんだからでしょうね。悪いことをしたわ」

そのことが皇妃陛下の心に長く後悔として残っているから、その分フェリアーネ様の息子であるセルミアーネを溺愛し、その嫁である私に対しての好意的な態度に繋がっているのだろう。

この頃、現皇太子殿下は死の淵（ふち）を彷徨（さまよ）っており、皇妃陛下は社交がない時間は息子の看病をして本当に大変だったらしく、顔色も悪く、すぐに疲れてしまうため社交も早々に切り上げていた。

その分私がフォローしなければならなかったのだが、こんな私に何ができるというのか。政治の話なんてできないし、むしろアップアップしている私のフォローを皇妃陛下がしてくださる有様だった。あとから思い返すと皇妃陛下のご負担を減らすことができなくて本当に申し訳なかったと思う。

社交も大変だったが、私とセルミアーネには別の重大な予定も入っていた。立太子式である。皇太子殿下がお亡くなりになったら速やかにセルミアーネが皇太子になる必要がある。皇太子がいない空白期間はなるべく短いほうがいいからだ。

というのも、セルミアーネ以外にも傍系皇族の中に皇太子の座を狙っている者がいて、そちらを推す勢力も少しはあるらしかったからだ。

幸いセルミアーネは両陛下が強力に支持してくださっているし、私のお兄様であるカリエンテ侯爵やお姉様方の嫁入り先の上位貴族が強力に支援してくれているから、このまま行けば無事に立太子される予定ではある。

だが、空白期間が長くなり、対抗勢力に時間を与えればどう転ぶか分からなくなる。そのため間髪入れず立太子したいのだという。

　セルミアーネは皇太子殿下がお亡くなりになるのを待っているようだと嫌がったし、私だって楽しからぬ気分ではあったが、お見舞いに行く度に皇太子殿下の具合が悪化し、最近ではほとんど昏睡(こんすい)状態なのを見れば、準備を始めておく必要性は理解できた。

　儀式に使用する儀式正装の作成のための仮縫いや、儀式次第の確認など——最後には帝都民衆の前に姿を現し、手を振って笑わなければならないのだそうだ。どんな羞恥プレイだ。

　夜になれば夜会である。これには一度離宮に戻って着替えなければならない。同じ服などとんでもない。それどころか夜会向けにより気合の入ったコーディネートをされる。帝宮の夜会はほぼ毎日だ。これは意外だったのだが、主催は皇族とは限らないのだ。

　帝宮のホールを借りて夜会を開催するのは名誉なことなので、どこかしらの上位貴族が帝宮のホールを借り受けて夜会を開催しているのだ。下手をすると複数のホールで仲が悪い貴族同士があえてバッティングさせて夜会を開催している場合もあり、その場合はどっちに出るかで自分がどちらに味方をするかを示してしまうことになるため大変なのだとか。

　帝宮のホールを借りれば貴族は客を集めるのが簡単になるし、自分のお屋敷で開催するより予算も少なくて済む。それと皇族が毎晩夜会を開催していたら皇室予算が大変なことになってしまうという事情もある。

皇族主催の夜会はせいぜい月に一回だ。これには絶対に出なければいけないが、ほかの夜会には予定が合わなかったり気に入らない開催者だったりすれば出なくてもいいらしい。ただしお披露目期間中の今は別だ。皆勤が求められる。

夜会にはセルミアーネも出る。彼もおめかしをして控えの間で私を待っている訳だが、もう疲れてしまって僅かなその時間に寝ていることさえあった。だが、セルミアーネもお披露目期間中である。夜会で顔を売って自分への支持を集めて皇太子就任を後押ししてもらわなければならない。なので夜会を欠席する訳には行かなかった。

ただ、セルミアーネはフェリアーネ様に作法の部分については相当教育されたらしいのと、騎士として多少は社交に出なければいけない部分もあったため、それほど無作法に苦しむことはないようだった。そもそも男性の場合は女性ほど繊細な作法は求められないそうだ。ずるい。

夜会では私達は注目の的で、挨拶攻め・質問攻めがすごかった。好意的な質問ばかりではなく「本当に皇子なのですか?」とか「カリエンテ前侯爵からあなたのことを伺ったことがありませんね? 本当にご令嬢なのですか?」など不躾で失礼な質問もなくはなかった。

これにうるせえ馬鹿野郎とか、脳天チョップとかで答えられれば楽なのだが、そういう訳にもいかないのだった。それとなく不快感を示しつつ、否定して、最終的には向こうから謝罪を引き出す返答が求められる。できれば少しユーモアが混じっていれば完璧だ。……できるか！

ご婦人方からの質問は逆に婉曲的で意味が判じないものも多く、これにも上手く答えないと冷笑を買う。随伴してくれるエステシアが後ろからこっそり教えてくれなければ危ない場面はいくらでもあった。というかエステシア万歳。彼女をつけてくれた一族の皆様マジありがとう。彼女がいなければ付け焼刃で夜会など絶対にこなせなかっただろう。

夜会で唯一楽しみなのがダンスで、私は特に早く激しいステップやスピンを含むダンスを好んだ。一日中しずしず緩やかな動きしかしない中で唯一運動らしい運動ができる時間だ。形式を忘れなければ、多少オリジナリティを出しても問題ないのもいい。踊っている間にも会話はあるが、こういう時にはあまり難しい会話はしないものだ。最初にセルミアーネと踊ったあとは、ほかの男性諸卿と積極的に踊った。

皇太子妃（仮）と踊りたがる男性にはこと欠かなかったから、婦人達との会話から逃れるためにも私は可能な限り踊り続けた。終いにはダンス狂いの皇太子妃（仮）というレッテルが貼られたそうだ。セルミアーネは苦笑していた。

ようやく夜会が終わると離宮に帰り、部屋着に着替えると（これもドレスだが）夜食（夜会で食べられないので実質晩餐）をセルミアーネと食べて、お風呂に入って就寝だ。

毎日毎日へとへとなので私はすぐ眠ってしまうが、セルミアーネは私が寝た後に起きて少し仕事をしていることもあるようだ。真面目過ぎるようちの夫。そのうち身体を壊しそうだ。

などと心配している私自身も、ストレスが溜まって病気になりそうだった。森に行きたい。狩りがしたい。手強い獲物と戦いたい。最低限、駆け回って飛び回りたい。ダンスだけでは全然足りない。私は日々悶々としていた。

そんなある日、就寝するべくベッドに入った時にセルミアーネが私の耳元で囁いた。

「退屈そうだね」

「退屈ということはないけど、運動不足よ。思い切り動き回りたいわ」

すると、セルミアーネは苦笑しながらこそっと言った。

「私は早起きして仕事をすることがあるんだけどね。早朝、警備の騎士が交代するタイミングは早番の侍女が入ってきたりして、意外と帝宮内部は人の動きが多いんだ。そうだな。今の季節なら日が出る直前かな？」

何を言い出すのか。私が首を傾げていると、セルミアーネは続けた。

「それから君が起こされる時間まで、そうだな、三時間くらいある」

なるほど。それで？

「朝の皆が忙しい時間に紛れて抜け出して、起こされるまでに帰ってくれば、その間は運動してきても大丈夫だと思うよ」

え？　私が思わずセルミアーネを見上げると、セルミアーネは苦笑しながら指を唇に当てた。

「もちろん、見つかったらダメだよ？」

「大丈夫よ！　朝飯前だわ！　文字通り！」

しかし、抜け出して遊んで来いとはまたずいぶん大胆な発言である。普通の夫なら妻が抜け出して遊んでくるなど禁じこそすれ推奨などしないだろう。まして皇太子妃（仮）に。

「君の気持ちはよく分かるし、あんまり我慢して溜め込んで爆発されたら被害が大きくなりそうだ。ほどよくガス抜きしてきたほうがいい」

さすがはセルミアーネ。私のことをよく分かっていらっしゃる。私は嬉しくてセルミアーネに抱き着いた。

セルミアーネから私サイズの軍服を調達してもらうと、私は早速早朝の脱走を試みた。

ベッドの中でなるべく音を出さないように着替え、音もなく抜け出すと、事前に作っておいた天井裏に入れる穴へ、壁を蹴って飛び上がって入り込む。そこから移動して上手いこと外に出るルートを確立するまでに数日かかったが、これも脱走の楽しみだ。

気配を消して騎士の目をごまかし離宮区域から出てしまえば、着ているのは軍服だし、多少は人目に触れても問題ない。

広い帝宮本館内部を探検し、庭園を駆け回り、内城壁をよじ登ってそこからの景色を堪能し、ついには内城壁を越えてその向こうの官公庁街や商店を見物した。早朝なので店はほとんどやっていなかったが、仕入れの大騒ぎなどは見物していて楽しかった。

内城壁と外城壁の間には小さいが森もあり、木に登って枝の間を駆け回り、簡単な罠を仕掛けてウサギやリスを仕留めて狩猟欲を少し解消した。獲物は商店に売った。

男装だし皇太子妃（仮）だとは誰も思わないらしく、男性にしては背が低い私にやさぐれた連中が喧嘩を売ってくることもあった。大歓迎だ。私は思う存分暴れてぶちのめし、大いにストレスを解消した。

セルミアーネが侍女をごまかしてくれても脱走していられる時間は四時間が限度で、それまでに帰って何食わぬ顔をしてお妃様に戻らなければならないが、脱走方法が洗練され、警備の癖も摑んだことで、できることは次第に増えた。

これならもう少し頑張れば外城壁も乗り越えて市内の市場にも遊びに行けるわね。本格的な狩りには少し時間が足りないな。いや、馬をどこかに用意しておけばあるいは……。

このストレス解消はかなり効果があり、貴族生活を多少は楽しむ余裕さえ出てきた。やはり人間ストレスを溜め過ぎると頭も身体もよく働かない。たまには羽目を外してやりたいことを思う存分やったほうがいい。

脱走が見つかって禁止でもされたらたまらないので、私は誰にもばれないように慎重にやった。ただ、なぜか擦り傷痕や爪が傷んでいることがあるのをお化粧の時に見つけたアリエスは不思議がっていた。彼女は私の身体のお手入れがお仕事なので「お気をつけください」とプリプリ可愛く怒っていたわね。

こうしてどうにか私が皇太子妃（仮）生活に慣れ出したかな、と思った矢先、恐れていた事態が起こった。

皇太子殿下の薨去（こうきょ）である。

【第11話】立太子式

皇太子殿下は享年二十八歳だった。まだ全然お若い。

皇太子としての激務が寿命を縮めたのかもしれない、とセルミアーネが昼夜なく働いているのを見ると思う。

私はこれ以降、セルミアーネの健康に非常に気を配るようになった。とりあえず夜中に抜け出して仕事をしないようにがっちり抱き締めて寝るようにした。セルミアーネは困っていたが、執務よりも彼の健康のほうが大事だ。

皇太子殿下のご葬儀は壮麗で厳粛なもので、黒い弔旗が立ち並び、腕に黒い弔章を締めた騎士達が騎乗して並ぶ間を、セルミアーネを始めとした皇族や近しい部下が護る棺を乗せた馬車が進む様は美しくさえあった。だが、葬式は葬式だ。誰もが哀しみ嘆き、特に尊敬していた兄を失ったセルミアーネの落胆は深く、ガックリ肩を落としていた。

葬儀は帝宮内にある大神殿で行われ、大司祭の祭祀を受けた皇太子殿下のご遺体は再び馬車でゆっくりと運ばれ、帝宮の聖域にある聖堂に葬られた。

この聖堂には歴代の皇帝を始めとした皇族が葬られているそうだ。帝国最高の聖地である聖堂の最奥には皇帝陛下しか立ち入れない。皇妃陛下でもダメなのだというから、私も一生立ち入れないことになる。

皇帝陛下と皇妃陛下の落胆は大変なものだった。お二人は三人も皇子を儲けていながら、戦死、病死、病死と三人とも自分達よりも早世されてしまったのである。これはつらい。

私は皇妃陛下を一生懸命お慰めした。陛下はしきりに「セルミアーネとラルフシーヌがいてくれてよかったわ」とおっしゃっていた。私達がいれば皇統は残るからと。本当は我が子に継がせたかっただろうに悲しみを堪えてそうおっしゃるのだ。

私は母であるより皇妃であろうとする皇妃陛下の姿にすごみを感じ震えた。私が我が子を失った時にこんな態度が取れるだろうか？

葬儀が終わると一ヶ月の服喪期間があって、喪が明けた直後にセルミアーネの立太子式が執り行われることになった。そのため式の準備が忙しくて、喪に服しているはずなのにしんみり故人のことを偲んでいる場合ではなかった。

そもそも国家の運営がある以上、セルミアーネの皇太子としての仕事も私の社交の機会も別に減った訳ではなく、単に衣服のどこかに黒いリボンをつけているだけという感じだ。

皇妃陛下は悲しみのあまり体調を崩されてしまい、それでも私が心配だからと社交の場に出ようとなさるので全力で止めた。もう一人で大丈夫だと言い張って。

もちろん、大丈夫な訳がないのでお母様やお姉様を召喚して助けてもらった。母と姉の有難さよ。正直、これまで私は自分が侯爵家に生まれたことをなんとも思っていなかったが、ここに来てようやく生まれに感謝した。カリエンテ侯爵家に生まれなかったら帝宮に母や姉を呼ぶのも大変だっただろうから。

ここまでの数ヶ月でさすがの私も社交に慣れてきたのもあって、皇妃陛下がいない間の社交で大きなやらかしをすることはなかった。多分。一安心だ。


早朝の抜け出しは続けていた。軍服だけではなく、下級侍女のお仕着せを調達することにも成功していたのでよりバレ難くなった。

素知らぬ顔で侍女に混じって掃除や洗濯、庭仕事をしながら噂話を聞く。誰もが豪放磊落(ごうほうらいらく)でいい人だったという皇太子殿下の死を悲しみ、帝国の将来を不安がっていた。

ただ、働き者で真面目なセルミアーネの評判はよく、がっちりとした男らしい美形だった皇太子殿下と女性的な美形であるセルミアーネを比較してどちらが美形かで侍女達が盛り上がっているのをよく見かけた。

ちなみに私はお人形みたいに綺麗で大人しいお妃様だと思われていて、正体はバレていないようだった。ただ、やはりお作法に厳しいと噂の上級侍女からは私のお作法にはダメが出ているようだった。むぅ。あれでもダメか。ちょっと厳し過ぎではないかしら。

それはそうとある日、抜け出していた私は変な物を見た。

侍女服を着て庭園をほっつき歩いていると、庭掃除をしていると思しき侍女がいた。だが、彼女は箒(ほうき)も何も持っていなかったのである。宙に向かって手をクルッと回すと、つむじ風のようなものが起こって、落ち葉が舞い上がり、彼女が指で指し示した方向に運ばれて行くのだ。

見たこともない光景に私は興奮して、その侍女に駆け寄った。

「ねぇ！　ちょっと！」

「ひ！」

びっくりした彼女が振り返ると、風は消えて落ち葉がバラバラと落ちてしまう。明らかに彼女の意思で風を操っていたのだ。

「ねぇ！　今何やってたの！」

「ご、ごめんなさい！　箒が見当たらなくて、つい！」

？　意味がよく分からなかったがそれどころではない。私はその下級侍女の肩を摑んで揺さぶりながら興奮して叫んだ。

「今の何！　どうやって風を起こしてたの？」

焦茶のおさげ髪の気の弱そうな下級侍女だ。記憶にはない。ということは私達の離宮の侍女ではない。なら身バレを気にする必要はないと見てとる。

「え……？　その、魔法だよ？　知らないの？」

魔法？　人生で一度も……、いや、どこかで聞いたことがあるな。でもどこで聞いたか定かでないほどしか聞いたことがない単語だ。なんだそれ。

「その、魔力で風を起こしたり、火を出したりできるんです。帝宮では私的な使用が禁じられているんだけど……」

それで見つかったと思って焦っていたらしい。しかしそんなことはどうでもいい。私は時間ギリギリまで彼女を質問攻めにした。

このオクタビアという子爵家出身の侍女が言うには、魔法というのは概ね貴族しか使えない力であるらしい。貴族なら教育で必ず習うから知っているはずだと不思議がられた。むぅ、なんで教えてくれなかったかな、お母様。

ただ、魔力は貴族なら誰でも持っているというものではなく、人によるらしい。上位貴族になればなるほど持っている可能性が高く、強い力が行使できるそうだ。

ただ、上位貴族の価値観では魔法はあまり上品なものとは見做されていないようで、使えても使いたがらないらしい。道理で家族が使ったのを見たことがないはずだ。

魔法にもいろいろあるが、オクタビアが使えるのは使役魔法というやつで、一番簡単なものだという。精霊にお願いして魔力をあげる代わりに少し言うことを聞いてもらうのだとか。何それ犬みたいね。できることはあげる魔力に比例するらしい。

聞けば聞くほど私も魔法を使ってみたくなった。私だって貴族、しかも上位貴族出身なのだから使えてもおかしくない。

オクタビアに使い方を教えてくれるよう頼むと彼女は渋ったが、どうも押しつけられているらしい広い庭園の掃除を手伝うことを条件に承諾してくれた。

教えてもらい始めてすぐに、私にも魔力があることは判明した。オクタビアが呼びかけた精霊に私が手をかざすと反応したからだ。

ただし、そこから魔力とやらを上手く放出できなくて苦労した。だってそもそも魔力がなんだかよく分からないんだもの。オクタビアのあやふやな説明で、ああでもないこうでもないと頑張って、初めて魔力の放出に成功したのは十日ほど経ってからだった。

『風の精霊よ我が声に応えてください』

と私が魔力を放出しながら唱えると、私の周辺で風が動いた。うわ！　やった！　できた！

私は喜びに思わずオクタビアの手を取って踊り出してしまう。オクタビアは私に手を引かれながらホッとした顔をした。

「あとはやっているうちに精霊が言うことを聞いてくれるようになるわ。魔力の大きさによってできることは変わってくるけど」

「ありがとう！　オクタビア！」

私はお礼にオクタビアに掃除を押しつけた下級侍女達がちゃんと仕事をするように、警告と監視を本館の下級侍女長に命じておいた。侍女長はなんでそんなことを私が知っているのか不思議がっていたけれど。


ついに魔法がうっすら使えるようになった晩、私はベッドで興奮しながらセルミアーネにそのことを打ち明けた。セルミアーネは目を丸くした。

「……ラルに魔法を教えてしまうとは……」

セルミアーネはうーんと唸った後に、渋々というように言った。

「ラル、魔法は私のいないところでは使わないようにね」

「え？　なんで、上位貴族が嫌っているから？　私は気にしないわよ」

「違う。危ないからだ」

セルミアーネが言うには、魔力はもともと、初代皇帝が授かった力で、それが婚姻と出産を通して貴族にも徐々に広まっていったものだという。広まると共に薄れてもいて、子爵辺りの血の薄さでは頑張ってもせいぜい風を起こす程度だろうという。

だが、血が色濃く残っている皇族や上位貴族は、古(いにしえ)の皇帝には遥かに及ばないものの大きな魔力を持っている。下手をすると建物を吹き飛ばすほどの力を精霊に与えられるのだとか。

「何それ！　すごい！」

「すごいけど、危ないだろう？　魔力放出のやり方もよく分からない状態じゃなおさらだ。私が教えてあげるから、ほかでは使ってはダメだ。いいね？」

うぬぬぬ。でも私も刃物の使い方に習熟していない者が、それを振り回す危険はよく知っている。本当は早く使えるようになりたくて仕方がないが、頷くしかなかった。

「まぁ、皇太子妃になったら、儀式で魔法を使わなければならないことも多いから、丁度よかったかな」

は？　それは初耳だ。

なんでも皇族は帝国運営のために神への魔力の奉納をする必要があるらしく、上位貴族も自分の領地のために全能神に魔力を奉納して土地の豊穣(ほうじょう)を祈願する儀式をやるものらしい。お父様お母様が領地に年二回は必ず来ていたのはそのためだったようだ。そういえば二人が来る時はお屋敷の礼拝堂を必ず掃除したわね。

そういう奉納で使う魔力を温存するために魔力の無駄遣いを戒める風潮があって、転じて人前で魔法を使うことそのものを厭(いと)うようになったそうだ。

なんというか、二十年近くも生きてきても、世の中には知らないことがまだまだいっぱいあるんだなぁ、という気分だった。

そう言えば思い出した。確か、セルミアーネが竜を倒すには魔法がいるって言ったんじゃなかったかしら？

「私に魔力があると言うことは、私なら竜も倒せるということなんじゃない？」

セルミアーネはギクリとした顔をした。

「そういうことなんでしょう？　ね？」

「……ラルの魔力が大きければ、そういうことになるね」

「よし！　やる気出てきたわ！　ミア！　絶対に教えてね！　絶対よ！」

セルミアーネに抱き着いて喜び浮かれる私の頭を撫でながら、セルミアーネはなぜかため息をついていた。

◇◇◇

服喪期間が明けてすぐに、セルミアーネの立太子式が執り行われた。

と、簡単に言ったが、これがまた大変だった。一大事だった。

私はこれまで貴族の儀式に参加したことすらあんまりない。成人のお披露目と、セルミアーネの皇族復帰くらいだ。

結婚式も儀式と言えば儀式だろうか。貴族が大勢参加して行われる祈念祭だとか豊穣祭だとかいう儀式には出たことがなかった。そのため儀式がどんなものかよく知らなかったのである。

まず、服装が儀式用の正装で、袖のひらひらした服を七枚も重ねて着るものなのである。重い。暑い。冬で助かったわ。さすがに夏は涼しい生地で仕立てるらしいけど、七枚であることにも意味があるので枚数は減らせないらしい。

髪も独特の様式で結い上げる。アクセサリーも見たことがないデザインで、これは帝国創建当時から受け継がれている様式なのだとか。服に描かれた紋様や肩から垂らされた飾り紐にも厳密な意味があり儀典の専門のお役人がやって来て慎重に確認し、ズレがあった場合はやり直しだ。

服装でこれだから、お作法も古い様式を厳密に守らなければならなかった。

ただ歩くだけでも歩幅、足の向き、足音を立てず、三歩歩いたら一度止まるなど、いくつもの決まりがあり、普通のお作法の十倍は面倒だ。とても覚え切れない。

なんでこんなに面倒くさいことをやらなければいけないのかと思うのだが、儀式というのはそういうものらしい。そして皇太子妃ともなれば一年に何度も儀式に出なければならないのできちんと覚えておかないと困るらしい、マジか。

儀式の説明で初めて知ったのだが、実は神様というのは大勢いるらしい。私達が普段祈っている全能神は、神様の最高位で様々な神様を従える存在なのだそうだ。代表である全能神に祈ればほかの神にも祈ったことになるため、普通は全能神にしか祈らないのである。全能神て便利な神様なのね。

ちなみに、普段お祈りしている全能神から御力を直接お借りできるのは皇帝陛下だけだそうで、全能神と契約すること＝皇帝になるということだそうだ。初めて知ったわよ。そんなの全国民の九割くらいが知らないんじゃないかしら。

立太子の儀式は葬儀の時と同じで、大神殿でまず行われる。

離宮から帝宮本館に移動し、そこからセルミアーネと二人で馬車に乗り、大神殿に向かう。馬車を降りるとこれも葬儀の時と同じように、大旗を持った騎士の列の間を、儀式服を着て神具をたずさえた侍女に囲まれ、私達は進む。しかし葬儀の時と違って騎士は華麗な鎧(よろい)を纏っているし、翻る(ひるがえ)旗は目に眩(まぶ)しいくらいの青、帝国皇室を象徴する鮮やかな青だった。

大神殿に入ると、そこには伯爵以上の上位貴族が儀式正装で整列し、私達を出迎えた。この時ここにいるのはそれぞれの家の当主と夫人だけで、本来は前侯爵であるお父様とその夫人であるお母様は入れない。のだが、私の父母として特別に列席が認められていた。

私達がゆっくりと大神殿の中に進むと、上位貴族夫妻およそ二百人が一斉に跪き深く頭を下げた。そしてそのまま私達が祭壇の前に進むまで起き上がらない。ものすごく気が引けていたたまれないが、仕方がない。

重厚な儀式正装のセルミアーネにエスコートされて貴族達の間を進む。セルミアーネは厳しい顔をしていたが、時折私を見て口の端だけで笑う。私も同じようにする。なんだろうね。セルミアーネと二人ならこんな緊張する場面でも笑えるもんなんだな。

祭壇の前には最高司祭がいて、私達が前に出るとまず聖水を振りかけ、次に聖印を空に描く。

「天にましします全能神の御心に適う、偉大なる血の一族の末裔よ」

最高司祭が朗々と祝詞を唱える。その瞬間、私とセルミアーネの周囲にフワッと風が舞い、あ、これ魔力が動いたんだわ、と気がついた。魔法のことを少しも知らなかったら感じ取れなかっただろう。

「そなたは血を継ぐ者なり。全能神の御力をこの世に顕現する力を持つ者なり。天に祈り全能神に祈り、その御力を受けて帝国に繁栄をもたらす者なり」

最高司祭の祝詞を受けてセルミアーネが両手を上げ、朗々と祝詞を誦んじる。

「我は偉大なる血を受け継ぐ者なり。天にましします全能神よ、我が祈りに応え、我に御力の一

端を貸し与えたまえ。我が捧ぐは祈りと命。古の盟約に従いて我が願いを叶えたまえ」
セルミアーネの身体がボワっと光ったような気がした。そしてゆらゆらと陽炎（かげろう）のように何かが立ち上る。おそらくあれが魔力なのだろう、
オクタビアの使っていた精霊を使役する魔法もそうだが、祈りと魔力の放出によって精霊と繫がることで、精霊の力を借りることができるのである。
セルミアーネは今、祝詞と魔力の放出で全能神と繫がっているのだろう。

全能神の御力を行使できるのは皇帝のみ。セルミアーネはまだ全能神の力は行使できないはずだが、皇太子になるには御力を行使しないまでも、全能神と繫がることができる血の濃さと魔力が必要になるのかもしれない。セルミアーネは額に汗を浮かべていた。頑張れミア！　私は無意識に応援していた。

やがて、セルミアーネから魔力の放出が止むと、天から不思議な光の粉が舞い散って、降り注いだ。列席の貴族がおお、と歓声を上げる。最高司祭が頷いて高らかに告げる。

「全能神と偉大なる血の盟約は示された」

すると、私の兄であるカリエンテ侯爵が真っ先に、拍手をしながら叫んだ。

「皇太子セルミアーネ！」

ほとんど同時にお父様お母様の大きな声が響く。

「皇太子セルミアーネ様万歳！」

「皇太子殿下万歳！」

すると列席の上位貴族が口々にセルミアーネの名を呼び、万歳を叫んだ。ドォッと大神殿の中に歓声と拍手が広がる。セルミアーネは破顔して右手を上げ、歓声に応えた。

この瞬間、セルミアーネは貴族達に皇太子殿下として認知されたのである。

ひゃ〜すごいすごい！　うちの夫すごい！　と私も手を叩きそうになったがなんとか我慢した。セルミアーネによれば魔力が足りることは分かっていたそうだが、それでもぶっつけ本番で成功するのはすごいと思う。


大神殿での儀式が終わると、私達はもう一度馬車に乗った。そして聖域へと向かう。帝宮の奥というか、地図で見ると帝宮のある丘の中央、一番高い場所に聖域はある。帝宮の中なのに鬱蒼(うっそう)とした森の中にあり、うっかり狩人目線で観察を始めてしまいそうになるが、いくら私でもこんな聖域で狩りはしないよ。本当だよ。

聖域にある聖堂は大神殿に比べると簡素というか素朴な造りで、古い。

構造としては入ったところが祭壇で、その奥に墓所区域があり、さらにその奥に最奥の間があるそうだ。前皇太子殿下の葬儀の時は墓所区域まで入ったが今回は祭壇の間にしか入らない。

祭壇の間には皇帝陛下と皇妃陛下が待っていた。今回は前皇太子殿下の葬儀の時とは異なり、侍従や侍女、護衛の騎士などはおらず、お二人だけだ。

「無事に済んだようだな」

ほかに誰もいないからか皇帝陛下の口調はくだけたもので、表情も実に嬉しそうだ。

「お疲れ様。セルミアーネ。ラルフシーヌ」

皇妃陛下もニコニコしていて、荘厳な聖堂の雰囲気とはそぐわないほどご機嫌に見える。なんだろうね。ここでは皇太子冠と皇太子妃冠を授かる儀式があるだけだと聞いているけど？

「では、さっさと始めてしまおうか。この後も予定が詰まっているからな」

皇帝陛下は明るく言って私達を促した。

祭壇には二つの冠が置かれている。大神殿のように全能神の像が飾ってある訳ではなく、殺風景な祭壇だ。花と香が供えてある。

私達は跪き、皇帝陛下に誓いの言葉を述べる。

「全能神の代理人にして、帝国の偉大なる太陽、いと麗しき皇帝陛下よ。私、セルミアーネは皇太子として皇帝陛下と帝国のために全ての力を捧げると誓います」

「私も夫を支え妃として、帝国と皇帝陛下のために全ての力を捧げると誓います」

皇帝陛下は鷹揚に頷くと、まずセルミアーネの頭に皇太子冠を載せた。すると彼は驚いたように目を見開き、周囲を見回し、そして少し寂しげに微笑んだ。

なんだろうと思う間もなく、私の頭にも皇太子妃冠が置かれる。

するとと、バチッと何かが弾けるような感覚があった。驚いて顔を上げると、私の周囲に、今までは確かにいなかったはずの女性達。いろんな年代の貴族婦人が大勢いるのが見えた。

な、何事？　私が身構えると、彼女達は笑って、スーッと消えていった。


私がポカンとしていると、皇妃陛下がクスクスと笑った。

「見えましたか？　ならばラルフシーヌも大丈夫ですね」

「な、なんだったんですか今のは？」

皇妃陛下は私の驚きようを見て実に楽しそうに笑った。

「この聖堂にいらっしゃる歴代の皇妃ですよ。新しい皇太子妃の品定めにお見えになったのです」

……それはもしかして幽霊とかそういう類なのでは？

「そうとも言いますね。ですが、気に入らない相手には姿をお見せになりませんから、見られてよかったのですよ。あなたは歴代皇妃に認められたのです」

……。幽霊とかお化けは子供の頃にさんざん父ちゃん母ちゃんに脅かされていたけど、いつしかそんなものいないと気にも留めなくなっていた。しかし、本当にいるとなると……。ダメだ、気にすると夜の闇が怖くなってしまいそうだ。

「セルミアーネも見たの？」

私は気を紛らわすべくセルミアーネに話を振ってみた。すると彼は少し嬉しそうに、そして寂しそうに笑った。

「ああ。歴代の皇帝と……兄君が三人共いらしたよ……」

あらまぁ。三番目の前皇太子殿下はともかく、セルミアーネが生まれる前に亡くなった兄君二人には初めて会ったのだろう。それで嬉しそうなんだろうね。

皇帝陛下と皇妃陛下は楽しげに笑っている。お二人もなかなかお人が悪い。私達が何を見て驚くのか、知っていて黙って笑っていたのだから。もちろんただそれだけではなく、私達が真に皇族の仲間入りしたことが本当に嬉しいのだろうけれど。

聖堂を出て今度は両陛下と一緒に馬車に乗り込み、帝宮外城壁の塔へと向かう。帝都市民へのお披露目があるのだ。数日前に帝都のあちこちで新皇太子立太子式の布告が出されており、今頃は兵士達が帝都中でお披露目のお触れを出しているはずだ。

セルミアーネのエスコートを受けて塔に登れば、眼下には途方もない数の群衆が蠢いていた。その塔の前はちょっとした広場になっていて、走って横切るには私でも三十を数えるくらいの時間が必要な程広いのに、なんとその広場の石畳がまったく見えない密度で人で埋まっている。それどころか、広場から伸びる路地も見渡す限り、人でいっぱいだ。あまつさえ建物という建物の窓や屋根にも人が鈴なりになっている。

それらの何万人いるか定かではない人々が、私達が塔の上に姿を現すと地響きを立ててどよめくのである。布告官が地響きに負けないように怒鳴る。

「今日この善き日、皇子セルミアーネ様は皇太子殿下となられた。同時にお妃様であるラルフシーヌ様は皇太子妃殿下となられた。偉大なる皇帝陛下が全能神のご意志を踏まえてそうお定めになったのである！」

どっと歓声が沸き起こる、その圧力と振動でビリビリと塔が震え出した。冬だというのに熱気が湧き上がってきて、私は額に汗をかいた。

「皇太子セルミアーネ万歳！」

「帝国に栄光あれ！」

「皇太子妃ラルフシーヌ万歳！」

怒号か、悲鳴か、歓声か判別がつかない渦を巻くような人々の叫び。それら全てが私とセルミアーネに向けられていた。

と、とんでもないことになった。私はこの時本当の意味で、自分が皇太子妃になるということのとんでもなさを理解した。

皇太子妃ともなれば、この帝国の、ここにいる人々の何百倍もの数の人々の上に立ち、彼らを率い、責任を負う立場となる。彼らの、彼らの家族の生き死にを左右する立場になるのである。帝国民を生かすも殺すも、栄えさせるも飢えさせるも、全て私達次第なのだ。

私は貴族のことは未だによく分からず、貴族よりも偉い立場、国の中で皇帝陛下・皇妃陛下の次に偉いのだと言われてもなんとなく他人事だったのだが、平民のことはよく分かる。

この無邪気に私達に歓声を送っている人達の中には、狩人協会で仲良くなった人々や、行きつけだった市場の商店のおばちゃんもいるだろう。

私はそういう人達の人生を左右する権力を今日から握ってしまったのである。

一生懸命生きている人達を、あっさり死なせてしまえる存在になってしまったのである。

私は背筋が寒くなった。ちょっと、そんなの私には無理！　とんでもないわ！　そう思って私はセルミアーネを見上げる、セルミアーネも顔色が青かった。同じような感慨と恐怖を抱いているのだろう。

しかしそれでもセルミアーネは私のほうを見て、ふわっと笑って見せた。……くっ！　私は内心歯を食いしばった。

ダメだダメだ。無理ならばついて来なくてもいいというセルミアーネをぶん投げて締め上げてまでついてきた癖に、今さら皇太子妃という身分の恐ろしさに気がついて臆してどうするのか。セルミアーネはとっくに覚悟を決めて、それでも私を気遣う気概を見せてくれている。

どう考えても皇太子となり、いずれ皇帝になる彼のほうが多くのモノを背負い、大変なはずなのに。情けない。これからどんどん大変になる夫を助けられないようで、支えられないようで、どうして彼の妻が名乗れようか。

私は右手を伸ばして、セルミアーネの左手を握った。その手は汗ばんで、少し震えている。私はその手を強く、しっかりと握った。

「行きましょう。ミア」

セルミアーネは私の手を握り返すと微笑んだ。

「ああラル、君がいてくれれば大丈夫だ」

私達は手を握り合ったまま、竜巻のような熱気と轟音（ごうおん）に立ち向かい、手を上げて笑顔を向けて応える。私達はあたかも荒海に乗り込むような気持ちで、帝国の皇太子と皇太子妃となったのであった。

【第12話】前代未聞のお披露目会（上）　～セルミアーネ視点～

「ミアと出会って私の人生は狂ってしまったのよ」

というのは私の妻、ラルフシーヌの口癖だ。私をからかう時によく言うので別に後悔しているとか、嘆いているという訳ではないようだ。

というか私に言わせれば、私のほうこそラルフシーヌに出会って人生が大きく捻じ曲がったと思う。いいほうに。

その年の成人のお披露目の際、私、セルミアーネ・エミリアンがカリエンテ侯爵令嬢ラルフシーヌ様のエスコート役になったのはまったくの偶然である。くじ引きの結果だから純粋に運だ。言い方を変えれば全能神のお導き。あの時引いたくじ紐に違う本数の線が引いてあれば、私はラルフシーヌの手を取ることはなかったのである。

当時私は十六歳。十三歳で成人して、騎士見習いになり、十六歳で一人前の騎士に任命された。その年の新米騎士の最初の任務が、成人を迎えたご令嬢のエスコートだった。

騎士の任務には皇族や高位貴族の護衛も含まれるので、令嬢のエスコートはその練習に丁度いいのだ。そのため、毎年正騎士になったばかりの者がこの役目を仰せつかるのである。

ただし生意気盛りの新米騎士達は自分達のことを棚に上げて「子守かよ」なんて言っていたが。

私がくじ引きでカリエンテ侯爵令嬢を引き当てた最初の感想は「大変そう」だった。

何しろ侯爵令嬢だ。上位貴族令嬢だ。おそらく甘やかされて育った高慢な令嬢に違いない。

私の身分は騎士で、貴族としては最低階級だ。我儘を言われても無理やり止める訳にはいかないし、身分を笠に着て無理難題をふっかけられたり、暴力を振るわれた場合でも、一介の騎士には抵抗もできないのである。私は若干憂鬱な気分で当日を迎えた。

帝宮本館のエントランスホールで彼女を初めて見た時のことを私は鮮明に覚えている。

カリエンテ侯爵が到着したと聞き、私はエントランスホールに行った。侯爵閣下はすぐ分かった。何しろ今回のお披露目の最上位だ。多くの人が挨拶に集まっている。そこに地味な紺色のドレスを着た少女がいた。あれが令嬢だろう。

私が近づくと彼女が機敏な動作で振り向いた。視線が合って、私は一瞬呼吸が止まった。

おとぎ話に出てくる妖精かと思った。非現実的なまでに美しい少女だった。

長く艶やかな銀色の髪。少しの癖もないそれは、半分を緩やかに結われ、残りは背中に流されていた。水晶を磨いたかのような頬。一分の隙もなく精緻に配された鼻と唇。そして大きくて意志の強そうな金色の瞳。しなやかな手。柔らかな曲線を描く肢体。まっすぐに立ったその姿は輝くような圧倒的な存在感を放っていた。近づくのが憚られるほどだ。

私を見つめる金色の視線。その顔に貴族らしい作り笑いはなく、無表情というか警戒心を露（あら）わにしている。

やはり我儘令嬢で、騎士のエスコートは不満なのだろうか。こんな美しい令嬢ならば、社交の場で高位貴族の男性にもて囃（はや）されているに違いない。機嫌を損ねたら何をされるか分からない。私は内心の畏れを微笑みで押し隠して彼女の手を取った。

ところが、そんな心配は杞憂（きゆう）だった。すぐに彼女は貴族らしからぬ楽しげな表情になり、私にエスコートされるというよりは手を繋いで振り回し、帝宮の広い廊下をキョロキョロ見回しながら歩いていた。何かおかしい。

「ラルフシーヌ様は帝宮は初めてですか？」

と尋ねると、貴族としてはあり得ないほど率直な返答が返ってきた。

「そうよ。というか、帝都にも一ヶ月くらい前に初めて来たの」

どうやら事情があって領地で育ったらしい。それで礼儀作法が全然できていないのだろう。何しろ自分のことを愛称で呼べと言い出すのだ。貴族女性が愛称を許すのは、家族か大変親密な相手に対してのみなのに。

それどころか会話をしていると、狩りがしたいなどと言い出す。帝都に隣接した森の話をすると目を輝かせ太陽のように笑った。こちらの目が潰れかねないほど可愛い。が、その可愛らしい唇から出てくるのは物騒極まりない発言の数々だった。何しろ「熊を狩りたい」とのたまうのである。

「く、熊？　ラルフシーヌ、ラル様は熊も狩るのですか？」

「ラルだけでいいわよ。赤い毛の大熊までは狩ったことがあるの。弓矢でね。黒い小さな熊なら槍で仕留めたことがあるわ。灰色の毛の大熊は赤い毛の奴より大きいって聞いてたから、いつか狩ってみたいのよね」

眉唾(まゆつば)な話だと思った。赤い毛というならレッドベアーだろう。あれは騎士であっても最低五人がかりで立ち向かうことが推奨されている大害獣だ。一人で倒したら勲章ものである。それをこんな可憐(かれん)な少女が狩れるとは思えない。

　ちなみに灰色の毛の大熊はキンググリズリーといい、騎士が十人がかりで討伐に向かうという超巨大害獣で、村一つ滅ぼしたケースすらある、ほとんど災害のような生き物である。だが、ラルフシーヌの目はキラキラと輝いて本気も本気であると訴えていた。それどころか夢見るような瞳で竜も狩ってみたいと言い出した。竜といえば生ける伝説のような存在で、ほとんど目撃されたことすらない伝説の大神獣である。小山のような巨体で空を飛び、火を吐くというのだから生き物であるかも怪しい。だが、実際に街を襲った例もあり、数年前にはキュアンという街を半日で灰燼に帰したという。間違っても狩りの獲物ではない。

私が少女の妄想を窘める気分で忠告していると、ご機嫌になっていたラルフシーヌが突然言った。

「聞いてるわよ、え～、セルミアーネ。めんどくさい。ミアでいい？」

私は驚いた。それまで愛称で呼ばれたことがなかったからだ。私の名は父がつけてくれたのだが、母はそのことを喜び、誇りとし、己も使用人にも私の名を縮めて呼ぶことを許さなかったのだ。私は自分の名が女性的な響きを持つ気がしてそれほど好きではなかったが。

ミアとはまた女の子みたいな呼び名だ。縮めるならセルでもよかろうと思うのだが、どうしてミアなのか。後日聞いてみたが特に理由はなかったらしい。フィーリングだ。

女性的な名を嫌っていたのに、より女性的な愛称をつけられてしまって私は苦笑したが、不思議と嫌な気分ではなかった。

「はぁ。いいですよ。ラル。あなたは本当に面白いお嬢様みたいですね」

ラルフシーヌはどうやら帝都に来てから狩りができないせいでフラストレーションを溜めていたらしく、たまに訓練がてら狩りをすることもある私と狩りの話ができて大変喜んでいた。

そのため、本来は静粛であるべき控えの間でものべつ幕なしに話し続けてケラケラと笑って大注目を集めていた。

これで彼女が身分低い令嬢であったら、上の身分の者に睨まれるところだが、あいにく彼女はこの場で最上位の侯爵令嬢だ。止める者は誰もいなかった。

やがて時間が来て謁見室に入る。かなり大きな謁見室で、青い絨毯がまっすぐに伸び、その左右を成人を迎える令息・令嬢の親である貴族が埋め尽くしていた。単なるエスコートである私でも怖気づきそうになる厳粛な空間で、実際令嬢の中には足がすくんで動けなくなっている者もいた。

だが、ラルフシーヌは鼻歌を歌っていた。豪胆にもほどがある。来賓の人々が拍手をすると手でも振りそうなほどご機嫌な表情を見せた。

その麗しいがあからさまな笑顔と、貴族にあるまじきスタスタした歩き方にその場の誰もが呆れていたが、ラルフシーヌはまったく気にしていなかった。私はそれを見ながら複雑な気分を抱いていた。

彼女は侯爵令嬢という高貴な身分にある。実際、この日成人する者の中で最も身分が高い。しかし、身分が高いからこそ、彼女には責任が求められる。高貴なる者にはほかの者の手本となるような振る舞い、規範となるような行動が求められるはずだ。

しかし、彼女は侯爵令嬢に相応しい振る舞いができていない。侯爵令嬢としての責任を自覚していない。彼女自身の人柄は好ましいが、貴族としてそんなことでいいのだろうか？　私は釈然としない思いを抱いていた。

私は現皇帝陛下の庶子として生まれた。

母は現皇妃陛下の侍女で腹心だったそうだ。皇妃陛下にお仕えしていて、皇帝陛下の目に留まり、寵愛を受け、私が生まれた。

母は皇妃陛下の忠臣で、それなのに皇妃陛下を裏切る形で皇帝陛下の寵愛を受けてしまったと、そのことを死ぬまで後悔していた。そのため、愛しい我が子であり、裏切りの象徴でもある私に、かなり複雑な感情を持っていたようだ。母は私に常々こう言っていた。

「あなたは皇帝陛下の血を引く者です。皇帝陛下のお名前に恥じぬように誇り高く生きなければなりません」

一方で、母は皇帝陛下の愛妾になった時に賜ったエミリアン伯爵位を帝宮を下がる時に返上し、もともと持っていた子爵位のみを保持していたのだが、私にその爵位を継がせないと言った。

「あなたは一騎士になるのです」

母は私に繰り返しそう言った。

騎士は、貴族子弟で親の位を引き継げず分家も興せない者がなる、貴族ではあるが貴族未満と見做される貴族階級の最底辺である。基本的には一代しか認められない地位で、子供には引き継げない。

つまり私は皇帝陛下の庶子で子爵家の嫡男でありながら、貴族階級の最底辺になることを強制されたのである。母は言った。

「皇帝陛下の血を引いてはいてもあなたは皇子ではありません。そして皇帝陛下の血を引く者に子爵位を継がせる訳にはいきません。あなたは一代で家が消える騎士となり、皇帝陛下にお仕えしなさい」

母の矛盾した思いが今の私には少し理解できる。しかしながら子供だった私にとって母の言うことは理不尽そのものだった。皇帝陛下の血を引くことを自覚し、誇りを持てと言われながら、貴族として最底辺の地位である騎士になれと言われるのだから。

まして皇帝陛下と皇妃陛下は母の屋敷に頻繁にいらして、母と私に帝宮に戻ってくるように言い、私を我が子のように可愛がってくれた。

「あなたも皇子なんですよ」

と皇妃陛下はそう何度もおっしゃってくださった。しかし両陛下がお帰りになると、母は私を睨んで言うのだ。

「あなたは皇子ではありません。勘違いしてはなりません。皇妃陛下のお子と同列に扱われるなど許されないことです」

兄である皇太子殿下がいらして遊んでくださった時など、私は嬉しくて殿下に飛びかかり、投げられたり転がされたりして楽しく遊んだのだが、母は怒った。

「皇太子殿下に飛びかかるなど不敬です。あなたはあの方の弟ではないのです！」

そう言って私の頬を平手で叩いた。


十歳を迎えた頃には私は母に、両陛下や皇太子殿下の臣下として振る舞うことを強制された。それまでは皇帝陛下をお父様、皇妃陛下をお妃様、皇太子殿下を兄上と呼んでいたのを陛下、殿下と呼ぶように直されたのだ。両陛下と殿下は悲しんだが、母が怒るので仕方がなかったのだ。


母の複雑な心を垣間見た(かいまみ)ことがある。両陛下と殿下をお見送りした後、去ってゆく馬車を見つめながら母はポツリとつぶやいたのだ。

「あの方達は、帝国を背負っているのです。自分を殺し、私情を捨て、全てを全能神と帝国に捧げているのですよ。皇族というのはそういう存在です」

そして悲しそうに微笑みながら私の頭を撫でた。

「あなたを、そうしたくはないのです」

母は、私が十二歳、つまり成人を迎える前に亡くなった。病ではあったが床に就いてほんの数週間で亡くなる急死と言っていい最期で、皇帝陛下と皇妃陛下が危篤を聞いて駆けつけてきた時にはもう事切れていた。

皇帝陛下も皇妃陛下も泣いていた。お二人が泣くのを見たのは初めてだった。私のことを代わる代わる抱きしめ、母の名を呼んでは泣き崩れていた。

母の葬儀は皇帝陛下が手配してくださってつつがなく執り行われた。その後、私は帝宮に招かれた。そして両陛下に笑顔で迎えられ、成人のお披露目のタイミングで、皇子として私の存在を公表しようと言われたのだった。それを聞いて私はゾッと背筋が寒くなった。

母が死んでいく日も経っていないのである。あんなに母の死を悲しんでいたお二人が、母の私を皇子としない意向をお二人とも十分知っているにもかかわらず、まるで母のことをなかったかのように私を皇子にしようと言い出したのである。

驚く私に両陛下は言った。今、皇族には皇子が皇太子殿下しかいない。紛れもなく皇帝陛下のお子である私が皇子として認められれば、皇族の将来の不安がかなり解消される。自分の養子として皇位継承権二位の地位を与えたい、と。

母の言った、帝国のために自分を殺し、私情を捨てるというのはこういうことなのだろう。

母の屋敷に来て私と母を愛してくれたお二人の姿はそこにはなく、帝国のために、皇族の未来のためにを何よりも優先する、皇帝陛下・皇妃陛下の姿がそこにはあった。

もっとも、今にして思えば、両陛下は決して完全に私情抜きで私を皇族にしようとしたのではなく、母がいなくなって天涯孤独になった（母は公妾になった時に皇帝陛下に迷惑をかけたくないと実家との縁を切っていた）私を不憫(ふびん)に思い、家族に迎え入れようという考えもあったのだと思う。

ただ、母を急に失ったショックで弱った判断力で、偏った受け取り方をしてしまった私は、この話をお断りした。母の意向通り騎士になると言い張った。

両陛下は驚き悲しみ何度も翻意を促したが、結局は私の意向を尊重してくださった。ただ、皇帝陛下は私に「皇統が途絶えそうになった時には、皇族に復帰してほしい」とおっしゃった。

皇太子殿下はお妃様が出産事故で亡くなってしまわれてから新たに妻を迎えておらず、お子もなかったのだ。ただ、皇太子殿下はまだお若く、皇帝陛下もお元気だし後継者を考えるには早過ぎた。

皇帝陛下に「この条件を飲めない場合は無理やりにでもすぐに皇族にする」と言われた私は、仕方なく了承した。

私は騎士になり、銀の指輪を授かった。騎士はお披露目式には出ない。だから指輪を騎士団長から手渡されただけだ。ただ、騎士団長は皇太子殿下から私の事情を聞いていたらしく、複雑そうな顔をしていた。

皇太子殿下はことの顚末を聞いて大笑いしていた。そして「無駄なことだ」とおっしゃった。それから「騎士ならば強くならなくてはな」とおっしゃって、騎士として私を鍛えてくれるようになった。

殿下は一日に一度は騎士団の訓練に参加して有望な騎士を鍛えていたので、私は羨ましがられこそすれ、不思議に思われることもなく、殿下と交流できた。

皇帝陛下も猛将だったそうだが、殿下も大変に強い騎士であり、若い騎士の憧れだった。私も容赦なく打ちのめされたが、なんとなく幼い頃に遊んでもらった思い出が蘇って嬉しかったものである。

ある時、私は言った

「殿下はお強いですね。すごいです」

すると、殿下はいつも朗らかに笑っていられるものを、少し苦い笑いに変えておっしゃった。

「皇帝になるには、強いだけではダメだがな」

その時の私には殿下が何をお考えになっていたのか、知る由もなかった。

私は殿下が好きで、尊敬していた。だから殿下が次代の皇帝陛下になるのを一騎士として全力でお助けしようと思っていた。私はあくまで一騎士として殿下をお助けしよう。そのためには殿下が次代を継ぐ際の不安要素になりかねない、異母弟であるという事実は隠し通さなければならない。

私は次第に、自分は一騎士である、という強い枠のようなものを作って、そこからはみ出さないように生きることを心がけるようになった。何かあるごとに「一騎士なのだから」と必要以上に身分に拘（こだわ）り、身分不相応なことを避けるようになったのである。

母の遺した屋敷を出て騎士寮に移り、服装も騎士階級の平均に合わせ、目立たぬように騎士の競技会のようなものではわざと早く負けた。遠征に志願することもしなかった。

今考えると、このように騎士の身分に拘って生きることで私は視野をどんどん狭めてしまっていたのだった。自分は騎士なんだから、騎士で終わるのだから、特別なことをしてはいけない。考えてはいけない。そうやって生きるのはある意味、楽だった。

そんな私にとって。侯爵令嬢の枠にはまらないラルフシーヌは、まったく理解ができない存在であった。侯爵令嬢ならこうあるべきではないか、という私の理不尽な憤（いきどお）りは、ラルフシーヌの行動によって跡形もなく吹き飛ばされることになる。

皇帝陛下がご光来なさり、最初に呼ばれたラルフシーヌは私の手を引いて跳ねるような足取りで御階を駆け上がった。私はもう彼女の不作法には慣れたので苦笑しながら追いかけるだけだった。エスコート役の意味がなくなっている。

しかし御階の上で彼女はちゃんとスカートを摘まんで淑女の礼をしてみせた。そして誓いの言葉を澱(よど)みなく暗唱してみせた。皇帝陛下と皇妃陛下の指にキスをして私の横に戻って来て、私を見上げてニッと得意気に笑わなければ完璧だった。

あとは横に控える内務大臣から指輪をもらうだけ、だったのだが……。

「カリエンテ侯爵の六女だったたか？　今まで見たことがないような気がするが、帝都にはいなかったのか？」

突然、皇帝陛下がラルフシーヌにお言葉をかけられた。その場にいる全員が硬直する。あとで聞くところによると、ほかならぬ私がエスコートしている最上位の令嬢が、非常に楽しげにしているのでつい声をかけてしまったらしい。

「ええ、そうよ」

ラルフシーヌの答え方に私は仰天した。不敬過ぎる。

「ラル！」

私は窘めたが、そのことがかえって両陛下のお気を引いてしまったようだった。

「さっきそこの者が愛称で呼んだようだが、以前からの知り合いか？」

「え？　ミアですか？　さっき初めて会いました」

ラルフシーヌの答えに皇帝陛下が堪えきれずに笑い始めた。式典の場で皇帝陛下が笑うなどあり得ないことだ。私は呆然とした。だが、ラルフシーヌは皇帝陛下達が笑ったことで親しみを覚えてしまったらしく、ニコニコと可愛く笑いながら陛下の質問に答えている。

「さっき会ったのに愛称で呼び合うほど親しくなったのか？」

「え、普通じゃないんですか？　うちの辺りでは気が合えばすぐに愛称を教え合うんです」

「ということは気が合ったのか」

「ええ。狩りの話で仲良くなったのよ」

両陛下は楽しそうに笑いながら、公的な場では絶対に出さなかった私への親愛に満ちた口調でおっしゃった。

「そうなのか？『ミア』？」

「そなたにそのような可愛い愛称があるとは初耳ですね」

私は聞こえないふりをして返事をしなかったが、内心驚いていた。お二人は公的な場では皇帝陛下と皇妃陛下であることを何よりも優先される。それこそ私情は完全に捨てられる方達だ。皇太子殿下に対してすら公的な場では私的な接し方を絶対になさらない。

それなのにこのような場で私に親愛の情を示された。あり得ないことだし、本来あってはならないことでもある。まして私は公的には一騎士に過ぎない。庶子であることはバレてはならないのだ。

ラルフシーヌの天真爛漫さが、両陛下がご自分達に科していた制限をうっかり踏み越えさせたのだろう。私は御階を駆け降りる彼女を追いながら、なんというか、彼女の大きさに圧倒され始めていた。まぁ、侯爵閣下は娘の皇帝陛下の前での振る舞いに卒倒しそうになっていたけれど。


大広間に場所を移して、お披露目の宴が始まった……のだが、我らがお姫様・ラルフシーヌにとってそれは退屈極まりないものであるようだった。挨拶に来る者達からの称賛をつまらなそうな顔をして聞き流しているうちはまだよかったが、ついに我慢できなくなったのか彼女は私にコソッと囁(ささや)いた。

「なんとかして。ダメなら一人で脱走するわ」

と、お嬢様としてあり得ないことをおっしゃる。

だが私はラルフシーヌに慣れ始めてしまっており、カリエンテ侯爵に彼女が席を外したい旨(むね)

を告げてその場を抜け出した。本来、令嬢をトイレに連れて行くことなどエスコート役の騎士がすることではないのだが。

喜ぶ彼女を私は窘めた。成人したのだから嫁入りのためにも社交は大事なのだと。すると彼女はあっけからんと言った。

「大丈夫大丈夫。私は領地で嫁に行くつもりだから」

「領地に貴族がいるのですか？」

「いないから、平民に嫁入りするんじゃない？　よく分からないけど」

私は啞然とした。

「侯爵令嬢が平民に嫁入りですか？」

「多分ね。私もそのほうが気楽でいいわ。あんまり弱い男の嫁にはなりたくないけどね」

これはあとで聞いたことだが、ラルフシーヌを侯爵令嬢として教育する予算がなかった侯爵家は、ラルフシーヌを領地に送り平民として育て、平民の有力者に嫁入りさせるつもりだったのだという。

私の衝撃は深かった。ラルフシーヌは自分には貴族の自覚がないのだと言うが、こうしてお披露目に来ている以上、自分が侯爵令嬢だと言うことは知っている訳である。しかし、彼女はその地位になんの拘りもないらしい。それどころか平民のほうがいいと平気で言うのだ。

彼女の立場は私に似ている。私は皇帝陛下の庶子だが、騎士になるように母に言われて騎士になった。ラルフシーヌは侯爵令嬢だが、親に言われて平民として育った。似ているのだが、何かが違う。私は騎士の身分になったことによって騎士の身分に押し込められそうになっているのに、ラルフシーヌは平民として育てられたことで身分を超越しようとしているように見える。

彼女を見ていると、なんだか大事なことに気づけるような気がした。その美しい金色の瞳には何が見えているのだろう。

それがはっきりと分かったのはこの直後、ラルフシーヌがその本領を——本人曰く少しだけ——発揮した時のことであった。

【第13話】前代未聞のお披露目会（下）　～セルミアーネ視点～

ラルフシーヌを軽食や飲み物が並べられたテーブルに導くと、彼女は目を輝かせて次々と食べ始めた。彼女は当たり前のように健啖家であり、なんでも食べる。意外とちゃんと座ってカトラリーも普通に使いこなしていたが、手摑みで食事をしたら怒られたのでこれだけは覚えたとのこと。

ラルフシーヌは私と狩りの話をしたがった。彼女はまだ見ぬ帝都の森にしきりに行きたがっており、情報を欲しがったのだ。おそらくだが、その情報を元に、この滞在中に一度くらいは屋敷を抜け出して狩りをしようと企んでいたのだと思う。

狩りの話の内容は具体的かつ実践的で、彼女が熊を狩るというのはまったくのホラ話ではないと私は感じ始めていた。そもそも彼女はそういう嘘をつくタイプでもないだろう。

「ラルは狩人になるのですか？」

侯爵令嬢にする質問ではなかろうが、彼女の狩りへの拘りを見るにつけ、どうも狩りを本職にする気があるようにしか見えなくて私はそう尋ねていた。しかし彼女は意外なことを言った。

「別に決めてはいないわよ。農家の嫁になったら世界一の農家になりたいし、商人に嫁入りしたら全力で商人やるわ。私は半端は嫌いなの」

私は何かが自分に突き刺さったような心地になった。それがなんなのかこの時はよく分からず、私は曖昧な気分で言った。

「ラルはすごいですね」

すると、ラルフシーヌは私を振り仰ぎながら不思議そうに首を傾げた。

「ミアだって騎士になったからには帝国で一番の騎士になりたいでしょう？」

私は衝撃を受けた。頭を殴られたような心地になり、血の気が引いた。その言葉は私に自分の重大な欺瞞を突きつけた。

騎士、とはなんだ。騎士身分のことか？　騎士身分になれば騎士なのか？　なれば終わりなのか？　一番の騎士？　それはなんだ。何をどうすればそんなものになれる？　強くなればいいのか？　手柄を立てればいいのか？


そんなことも分からずに私は騎士を名乗っていたのである。そう、私は一介の騎士になると言いながら、その実、自分が騎士になるということを真面目に考えていなかったのだ。単に皇族にならないため、母に言われたから、そんなあやふやな理由で騎士になったに過ぎない。そのため目標もなく、なんとなく先輩騎士に言われた任務や訓練をこなしていたに過ぎなかったのである。

「……そんなふうには考えたこともありませんでした。そうですね。騎士たる者、帝国一の騎士を目指すべきなのかもしれません」

私は隠し切れない動揺で声を震わせながらなんとか言った。しかし、ラルフシーヌはさらに衝撃的なことを言った。

「そうに決まってるでしょ。あなた素質はありそうなんだから、今から頑張れば皇帝陛下より強くなれるかもよ」

皇帝陛下より強い騎士？　なんだそれは！　そんな存在が許されるのだろうか。

「……皇帝陛下より、ですか？」

「そう。私が今まで見た人の中で皇帝陛下が多分一番強いわ。でも、あなたも強くなれそうなんだから頑張りなさいよ」

ラルフシーヌはふふふんと笑って言った。

私は呆然としていた。皇帝陛下は若い頃、猛将で鳴らした方で、戦士としても一流だったと聞いたことがある。実際、鍛錬で今でも皇太子殿下とまともに打ち合うのだと呆れ顔の殿下から聞いた。

しかしである。その戦士としての強さは皇帝陛下の尊さとは関係がない。戦士として、騎士として、戦闘の技量で皇帝陛下を上回ることは不敬でもなんでもないのである。なぜなら、現皇帝陛下のように戦える皇帝陛下は歴代では少数派だし、現皇帝陛下とて年老いれば戦闘能力が落ちて行くことは避けられないからだ。皇帝陛下よりも強い騎士がいてはいけないなどということになれば、軍が弱くなってしまう。

　つまり、騎士として強さを求めることは身分とはなんの関係もないということである。それなのに私は、騎士身分になってから、全力で強さを求めようとしなかったのだ。一般的な騎士として埋没するために手を抜きさえした。しかしそれは欺瞞である。自分の怠慢へのごまかしである。騎士となったからには全力で騎士になるべきだ。

　ラルフシーヌは私は皇帝陛下よりも強い騎士になれる素質があると言った。ならば皇帝陛下よりも強い騎士になることを目指すべきだ。帝国一強い騎士となり、その力で皇帝陛下、皇太子殿下のお役に立つべきだ。そうでなければ皇帝陛下と皇妃陛下の懇願を振り切って一騎士になった甲斐がないではないか。

　ラルフシーヌの金色の瞳は美しい。この美しさは、彼女が常に全力を尽くすからこそ美しいのだろう。私はなんとなく頭がスッキリしたような気分になった。

「そうですね。頑張ります」

　私は心から微笑んだ。それを見てラルフシーヌも得意気に歯を見せて笑った。

　ラルフシーヌの気も紛れたようなので、私達は侯爵のところに戻ることにした。彼女はうんざりした顔を隠そうともしなかったが、社交は貴族の仕事である。平民になる気だとはいえ、少しは彼女も経験しておいたほうがいい。

と、突然ラルフシーヌが足を止めた。そして一方を厳しい顔で見据えている。彼女の睨んでいるほうを見ると、そこに嫌なものを見つけてしまった。

「ミア、あれは何をしているんだと思う？」

ラルフシーヌの口調は厳しい。多分事情は察しているのだろう。私は苦いものを飲み下すような気分で答えた。

「多分、身分の低いご令嬢を、高位の者がいじめているのでしょう。エスコートの騎士は何をやっているのか」

そう答えながら、私はエスコート役の騎士の気持ちが痛いほど分かっていた。

上位貴族の令息数人が、一人の令嬢を取り囲んで何事か詰(なじ)ってる。理由はよく分からないが、服装やお付きの者達の様子から、上位貴族が下位貴族を詰っていることは明らかだった。

エスコート役の騎士や彼女の侍女と思しき者、それどころか彼女の父母さえ、心配そうな顔をして手を出せないでいる。相当の身分差があるのだろう。

貴族の階級差は同一爵位でも格が違えば反論すら難しいほどだが、一つ爵位が違えばそれは絶対的な差である。上位が下位を皇帝裁判所に訴えれば、ほぼ無条件で下位が悪いと見做される。それぐらいの差がある。それがこの国の貴族の爵位というものだ。

それは子供でも同じである。上位の言うことには下位は黙って従わなければならない。それが貴族社会の掟であり規範である。この場合、上位が何かに機嫌を損ねたのであればそれは下位が悪いのであり、理由など関係ない。下位はひたすら謝罪するしかない。

なのでこの場合、貴族として最低位の騎士階級であるエスコートを命じられた少年騎士が、護衛対象である令嬢を助けないのは正しい判断だ。何しろ彼女の父母でさえ娘の危機に耐えるしかないのだから。

不快には思ったが、貴族社会の常識、そして自分で作り上げた「一介の騎士」という枠が私を縛る。この場合、私がもしも皇族であっても、貴族社会の常識的に令息達が令嬢をいじめている行為は正しいので何もしなかっただろう。まして一介の騎士であれば、何もできない。下手なことをすれば自分が罰せられる。

仕方がないのだ。そう思って、私は自分の感情に蓋をした。

しかし、ここにそのような貴族社会のしがらみと無縁の少女がいることを私は忘れていた。

一瞬、ラルフシーヌの身体から光が漏れ出したような気がして、ハッと見た時には遅かった。彼女は疾風のような速度で駆け出していた。速い。

「こ〜ら〜っ‼」

ハイヒールで小気味いい音を立てながらラルフシーヌはホールを駆け抜けると、そのまま跳んだ。そして左脚を伸ばしてスカートをはだけさせながら見事な飛び蹴りを放ったのである。

「女に手を出すとは何事だ！　恥を知れ～‼」

横腹に蹴りが突き刺さる瞬間まで令息は何も気がつかなかっただろう。彼は放物線を描いて落下。床にバウンドし、動かなくなった。私はさすがに青くなった。死んだのではなかろうな？

しかしラルフシーヌは姿勢も乱さず着地すると、傲然（ごうぜん）と周囲を睥睨（へいげい）した。その姿はあたかも戦場の将軍のようだった。

「あんた達もよってたかって一人をいじめるとか、卑怯者が！　私が相手になってやるからかかって来なさい‼」

かかってくるどころか、全員が目と口を丸くしてポカーンとしている。それはそうだ。貴族の社交の場で暴力行為などまず起こらない。せいぜいご婦人方がドレスの下で足を踏み合うくらいだろう。まして飛び蹴りを決める貴族令嬢など聞いたことがない。

ラルフシーヌは全員が啞然としているのを見て、ふんすと鼻息を放ち、いじめられていた令嬢を助け起こした。そして、厳しい口調で叱った。

「あんたも！　なんで黙ってるの！　誇りを汚されたらいつもは大人しい犬だって牙を剝くも

のよ！」

「え？　その、身分が……」

「そんなもの、関係ないわ！　誇りを忘れたら生きたまま死ぬことになるわよ！　誇りを汚されたら戦いなさい‼」

呆然としていた令嬢だが、ラルフシーヌの言葉に目に生気を取り戻し、頷いていた。そして、ラルフシーヌは駆け寄ってきた騎士に向かってでも先にも勝る口調で叱りつけた。

「騎士なのに、守護を任じられた女性の危機に駆けつけないとは何事か！」

「は、いえ、その、身分が……」

「あなたは戦う相手を身分で選ぶの？　命懸けの戦いで、相手はあなたの身分なんて気にしちゃくれないわよ！」

……ラルフシーヌの言葉はいちいち私に突き刺さってきた。

誇りを忘れたら、生きたまま死ぬことになる。そう、私は母に「皇帝陛下の子であることの誇りを忘れるな」と言い聞かされて育った。しかし私は、自分が皇族にならず一介の騎士になることに拘るあまり、あの立派な父の子であることの誇りを忘れていたのではないか。誇りを忘れて自分を貶めているから、騎士としての在り方をも見失うのだ。騎士としての誇りも持てないのだ。

騎士たるもの、命懸けで任務を果たすべし。いかなる困難や障害にも負けず、命じられた任務を何があっても果たすべきなのだ。それを相手の身分を気にして怠ってはならない。その通りではないか。戦場で、相手の将軍が皇族だから騎士の自分は戦えない、などという理屈は通らない。任務遂行に身分など関係ない。

私は何を馬鹿なことに拘っていたのか。大事なのはなんだ。身分を守ることか？　それとも自分を枠にはめることか？　そうではなかろう。本当に大事なのは自分の足で立ち、自分の頭で考え、誇りを忘れず、自分の正義を規範に行動することだ。

階級が、とか騎士なのだから、などというのは全て言い訳だ。そんなものに縛られる必要はない。邪魔なら、そんなものは時に蹴り飛ばすべきなのである。あの少女がしたように。

私は自分の今までの全てが否定されたような気分がした。自分の価値観や決め事が、あの竜巻のような少女によって粉々に吹き飛ばされてしまったのだ。それは不思議と嫌な気分ではなく、それどころか身体中が震えるような感動と快感を伴う喜びだった。私は今ここで死んで、生まれ変わったのだ。精神的に。

ラルフシーヌは私のほうに銀髪をなびかせて振り向くと、金色の目を細めて、歯を見せてニッと笑った。

私は見つけたのだ。私の女神を。私は思わず彼女のほうに駆け寄ろうとした。と、彼女の後ろから二人の大柄な令息、おそらく蹴り飛ばされた令息の子分が襲いかかってくるのが見えた。私は「危ない」と叫びかけたが、ラルフシーヌの動きは信じられないほど素早かった。

身を沈めて二人の手に空を切らせると、目にも止まらぬ動きで一人を投げ、もう一人に肘打ちを決める。確かにこれは熊と格闘戦をやるというのも頷けるスピードだ。

しかし、二人の令息が倒れたことで周囲から悲鳴が上がり、彼女に向かって会場の護衛騎士達が襲いかかってきた。私は飛び込んで一人を組み止めたが、二人がラルフシーヌに飛びかかった。彼女より頭二つは大きな騎士である。それが二人だ。「ラル！」思わず私は叫んだ。

ところがラルフシーヌはむしろ嬉しそうな表情で、消えるような速度で一人の懐に滑り込むと、勢いと重さを利用して軽々とその騎士を放り投げたのである。そしてそのまま飛び上がってもう一人の顎にアッパーキックを叩き込んだ。鍛えられた騎士がそれで意識を失って倒れてしまったのだから相当な威力だ。私と、私と組み合った騎士の目が点になる。

その狼藉を見て会場を護衛していた騎士や貴族の付き人がラルフシーヌを捕らえるべく集まってきたが、なぜかラルフシーヌは瞳を輝かせた。

摑みかかって来る騎士を躱(かわ)してテーブルにひらりと飛び上がると、手を伸ばしてシャンデリアを摑んだ。そしてテーブルを蹴ってシャンデリアごと飛ぶと、振り戻されたシャンデリアの勢いに乗って騎士に向かって蹴りを放った。何が起こっているか分からないという表情で騎士が吹っ飛ぶ。

着地の瞬間、摑みかかってきた騎士を、今度は真正面から一瞬だけ組み止め、足を払ってバランスを崩すと竜巻のような投げ技でその騎士を放り投げた。続けて殴りかかってきた従僕を躱すと、皿を取ってその顔に投げる。命中して一瞬動きが止まったところを足払いで転ばして転がしてしまう。

私は唖然とするしかなかった。どう見ても彼女はこの乱暴狼藉を楽しんでいて、金色の瞳は生き生きと輝いている。そして余裕綽々(よゆうしゃくしゃく)。手加減していることは明らかだった。

五人の騎士、十人はいる従僕は皆本気である。それなのにせいぜいラルフシーヌのドレスに触るのが精一杯。殴られ、蹴られ、投げ飛ばされケーキを顔にぶつけられるばかりだ。

これはあれだ。彼女が単独で熊を倒すというのは確かにホラでもなんでもなさそうだ。

私が呆れ果てて見ていると、カリエンテ侯爵がやって来た。最初は何が起こっているのかと驚いていた侯爵は、騒動の中心で猿のように飛び回っているのが自分の娘であることに気がついて驚愕した。

「何をしている！　娘に何をする！　やめさせろ！」

侯爵の怒声は驚いた周囲からその周囲に伝わり、必死で追いかけていた騎士や従僕も足を止める。ラルフシーヌも侯爵に気がつき、テーブルをひょいひょいと渡って侯爵の前に降り立った。私も慌てて傍に向かう。

それまでラルフシーヌを追いかけ回していた者達はそれを見て「侯爵閣下？」「え？　侯爵令嬢？　嘘だろう？」と呆然としている。それはそうだ。

しかしまさか可愛い娘が加害者だとは思いもしない侯爵ご夫妻は怒り心頭で、騎士達や従僕達を怒鳴りつけ、私に向かっても怒鳴った。

「おい！　ラルフシーヌを馬車まで送れ。かわいそうにひどい格好だ。人目に触れさせるな！」

私は侯爵閣下に恭しく了解を応え、ラルフシーヌの手を取って急いで広間を出た。好都合だ。

ラルフシーヌはドレスこそボロボロで汚れていたが傷一つなく、それはもうご機嫌な様子で私の手を振り回していた。その姿はまるでダンジョンに潜り込んで宝物を取り戻したお姫様といった風情（ふぜい）で、美しく気高く生き生きと輝いていた。思わず誰もが振り返ってしまうほどに。

それを見ながら私はもう決めていた。一生の目標を。

私は必ず彼女を娶るのだと。この輝く宝石のような女性を自分の妻にして一生大切にするのだと。もちろん、この彼女に大人しくしてもらうとかそういうことは求めない。彼女には自由に、思う通りの素敵な人生を送ってもらいたい。そして私はそれを見守りたい。彼女が側にいれば、私はもう二度と自分の人生を見失わなくて済むと思ったのだ。

私は侯爵家の馬車までラルフシーヌをエスコートして、そのまま一緒に馬車に乗り込んだ。本来であればマナーに反した行為だが、あまりにもひどい格好のラルフシーヌに驚いた御者や執事は私を止め損なったようだ。

馬車の座席にご機嫌なままの勢いで飛び乗ったラルフシーヌ。私はその前に跪いた。ラルフシーヌはきょとんとしている。私は彼女の手を取り、おそらくは格闘に邪魔なので手袋を脱いでしまって素手になっていたその手の平に、自分の唇を押し当てた。

手の平へのキスは求婚の意味がある。もちろん、それはお互いの同意があって成立するので、これが正式な求婚にはならないことは百も承知である。案の定、ラルフシーヌは怪訝な顔をしている。意味を知らないのだろう。

だが、私は構わなかった。今ここで私が決意を示すことに意味がある。私は自分の求めることのために全力を尽くすと、もう決めたのだ。

「ミア？」

「いいですか、ラル。私がその呼び名を許すのはあなたに対してだけです。そのことをよく覚えておいてください」

私はそう言い残して馬車を降りた。

次の日、朝から騎士団本部に呼び出されて事情聴取を受けた。何しろ私は加害者たるラルフシーヌのエスコート役だ。質問を受けた後、聴取を任された千騎長は「なんとか止められなかったのか？」と私に尋ねた。私は胸を張ってこう答えた。

「止める必要性が認められませんでしたので」

それを聞いた千騎長は「まぁ、侯爵令嬢ではな」と言ったが、私の真意はもちろんそうではない。だがわざわざ説明はしなかった。

その日の勤務が終わると、私はそのままカリエンテ侯爵の屋敷に向かった。侯爵邸はさすがに大きかったが、私は臆することなく門番に「昨日お嬢様をエスコートした騎士でお見舞いがしたいから取り次いでほしい」と頼んだ。取り次いでもらえるかどうかは賭けだったが、私は無事に屋敷の中へと通された。

応接室で待っていると、侯爵本人が出てきた。これはどうやら昨日の騒動の真相を知り、一応私に詫びようと出てきたものらしい。でなければ侯爵がいきなりは出ては来るまい。

侯爵はやや尊大な態度で昨日の労をねぎらった。直接的な謝罪はなくても侯爵本人が直接騎士にねぎらいをかけるというのは謝罪したのと同じようなものなのである。

「お嬢様をお見舞いしたいのですが」

私が言うと、侯爵は予想外のことを言った。

「ラルフシーヌは今朝、領地に帰らせた」

私は驚いた。おそらく騒動が大きくなるのを恐れて急ぎ帝都を離れさせたのだろう。それじゃぁ、と腰を上げかけた侯爵に、私は慌てて叫んだ。

「閣下！　ラルフシーヌ様を私の妻に頂けませんか！」

は？　っと、侯爵が目を点にした。それはそうだろう。いきなり過ぎる。しかし足止めには成功した。私は侯爵の足元に跪き、彼を見上げて堂々と言い切った。

「ラルフシーヌ様の素晴らしさに私は激しく心を奪われました！　どうか閣下、私とラルフシーヌ様の結婚をお許しください！」

そして空に聖印を切って、額に円を描いた。これは正式な宣誓の作法である。それを見て侯爵の表情が驚きから戸惑いに、最終的には少し怒ったような表情に変わった。

「馬鹿なことを。騎士風情が高望みをするでない」

「閣下、昨日私はラルフシーヌ様から自分は平民に嫁に行く、とうかがいました。平民に嫁がせるのであれば騎士の私でもいいはずです！」

「あれを平民に嫁がせるのは理由があってのことだ。しかも平民とはいえ、そなたよりも豊かで力ある者に嫁がせるつもりだ。そなたでは不足である」

もっともな話である。騎士よりも裕福な平民はいくらでもいる。実は私は母から爵位は引き継がなかったが資産は引き継いでいたので、かなりの資産家と言えるのだが、そんなことは言えない。侯爵は話は終わりだとばかりに立ち去ろうとした。私はまた叫んだ。

「ラルフシーヌ様には昨日、直接に求婚いたしました！」

「何？」

侯爵は驚いて足を止めた。ここが勝負どころだ。私は目に力を入れて侯爵を見据えた。

「ラルフシーヌ様は拒否なさいませんでした。ご本人に聞いて頂いてもよろしゅうございます。これが何を意味するかお分かりですね？」

侯爵が嫌な顔をした。これは求婚の先着権の問題である。

求婚時の作法として、先に本人に求婚した者が尊重されるというものである。もちろんだがこれは絶対ではない。女性の結婚は父親に決定権があるので本人の意向さえ無視されることが少なくない。先着権があろうとなかろうと結婚にそれほど有利になる訳ではないのである。

しかも私は騎士で、ラルフシーヌは侯爵令嬢だ。本来であれば求婚自体が成立しないほどの身分差がある。侯爵としては私の求婚の宣誓など聞き流し、なかったことにしたいところであったろう。だが、ここで先着権が生きてくる。本人に最初に求婚し即座に拒否されなかったというのは求婚を保留されている状態である。既に求婚自体は成立しているから、なかったことにはできないのである。

「そなたなどに嫁にやる気はない。帰れ」

「何度でも参ります。閣下に認めて頂けるまで」

侯爵は気に喰わなそうに鼻息を吐くと、応接室を出て行った。

よし。私はひとまず息を吐いた。今日は侯爵に私の存在を知ってもらえただけでも上等だろう。会えない可能性もあったのだから。そして求婚した事実も認めさせた。求婚者の地位を手に入れた以上、侯爵家としても完全に無視はできないはずだ。ほかにも手練手管は必要だとしても。

本当なら私が皇族であることを明かすのが求婚を成立させるのに一番楽な方法なのだが、それはできない。だが、いよいよとなれば後の面倒は覚悟してその手段を使ってもいいかもしれない。

私はこの時、ラルフシーヌと結婚するためならあらゆる手段を使うつもりだった。そのためならあれほど禁忌としていた自分を皇族だと認めることも辞さない覚悟だったのである。

よし！　やるぞ！　必ずラルフシーヌを妻に迎え入れるのだ！

私は決意を新たにして侯爵邸を後にしたのであった。

【第14話】妃となってから

私の性分として、物事を中途半端にしておけないというのがある。やるならば徹底的に。それが私のポリシーだ。

なので、なし崩し的になってしまった皇太子妃であろうと私は手を抜かなかった。不出来を笑われるのは許せるが、怠惰と嘲られるのは許せない。私は全力で皇太子妃生活に取り組んだ。

基本的に皇太子妃の業務は社交と儀式だけだった。これが皇妃陛下になると政務にも携わることになるし、元老院議員でもあるのでそちらの業務も加わる。

では皇太子妃の業務が楽なのかと言えばそんなことはない。政務がないだけ社交に集中できるでしょ、てな感じで、皇太子妃には重要な社交がどんどん回されてくるのだ。

社交の場で汲み取った意見を皇太子である夫や皇妃陛下に奏上して政治に反映させるのは非常に大事なことである。

なので皇太子妃に求められるのは洗練された高度な社交スキルである。お上品な格好をしてお上品な言葉遣いで優雅に交流することである。……一番苦手なやつじゃん。

私だって頑張ってお作法を覚えてはいたが、真面目に勉強し始めてせいぜい半年の私と、生まれた時から仕込まれている上位貴族婦人とを比べられたら困るのである。未だになんでそんなふうになるのか、そうしなければならないのか分からないお作法が山のようにあるし、覚え切れない謎の動作もあった。

何しろお茶会で手を置く位置にさえ意味があるのだ。通常は右手を上にして手を重ねておくのだが、これが左を上にすると退屈を表す。私がうっかりこれをやってしまうと「このお茶会は退屈ね」と不満を表したことになってしまい、出席者が真っ青になってしまう。

ほかにも頬に手を当てたら困惑。口を隠したら驚き、鼻に指を当てたら不快、目元に手を当てたら興味深いという意味になるなど、それぞれ意味が決まっているから、うっかり鼻も擦(こす)れない。

表情は微笑がデフォルトだが、その微笑にもいくつか種類があり、少し俯(うつむ)きやや上目使いで見るのが最も親愛を表し、右横目で見るのはやや相手を軽く見ていることを表す。これも間違えると大変なことになる。

会話は直接表現を避け、持って回った言い回しで表現することが好ましいとされる。これがまた難解で、慣れるまでは相手が何を言っているかが分からず、後ろに控えたエステシアに逐一教えてもらうしかなかった。

「東のほうのコスモスの花に悪い虫がついたようなのですわ」

「ケルバーツ伯爵が愛人を作ったという意味です」

これは、ケルバーツ伯爵は帝国の東に領土があり、家紋にコスモスが使われていて、悪い虫は愛人をそう表現することが多いから、だそうだ。

ただ、これらの言い回しについてはほとんどが定型文で、そういうものだと分かればそう難しいことはなかった。中には気取った言い回しを独自に発明して相手に理解を強いる困った人もいるのだが。

ある意味当然なのだが、皇太子妃というのは社交の達人だと見做されている。これは、本来皇太子妃が徹底的に教育された貴族令嬢がなるものだからで、私みたいのが例外なのだ。

そのため、私の一挙一動は貴族女性の手本であるとさえ見なされる。困ったことである。私をなんだと思っているのか。こちとら田舎育ちの山育ちだぞ！　と言いたいが、それは言わない約束なのだ。

日々細心の注意を払って作法に気をつけて、離宮に帰ってからもエステシアに確認してもらってダメなところを修正する。そうやって頑張っているうちに、かなり煩い上流貴族婦人からも致命的なダメは出なくなったようだった。それ以上の細かい指摘は、ああいう人は誰にでもケチをつけるもんだから、と気にしない方向で。

お作法がある程度できるようになって余裕が出てくると、だんだんと私は社交の面白さにも気がついてきた。社交はなんだかんだ言っても貴族の交流会だ。要するにみんなで仲良くやりましょう会だ。私は領地でも帝都でも友達や子分がたくさんいた。人との交流は得意なのである。

ところで、社交界には明確な序列がある。まずは爵位、次にその格の順。あとは概ね年齢順。ただし、ここに夫や父親の政界での地位が関わってくると厄介である。

例えば私のお父様は侯爵で侯爵の中でも格としては五番目だったが、実は即位の経緯から皇帝陛下と確執があり、政権から遠ざけられていた。そのため爵位と格がお父様より下でも皇帝陛下に重用されていた家のほうが社交界では評価されていた。それがあってお母様は社交界で若干肩身が狭かったそうである。

今は皇太子妃の母だから立場が激変しているけど。

そういう女性社交界の頂点に位置するのはもちろん皇妃陛下だが、私が皇太子妃になってから、皇妃陛下は社交に出る頻度を減らしている。となると必然的に皇太子妃である私が頂点と見做されることになる。

私は一番が好きだ。領地でもガキ大将をみんなやっつけて私が一番強いことを証明した。その私にとって社交界だろうがなんだろうが頂点、一番偉いという地位は望むところだった。私が親分よ。みんな私について来なさい！　と言えるのは気分のいいことだ。

だが、今回の一番は私が皇太子妃になったから結果的にそうなっただけで、ガキ大将の親分になった時のように実力で証明した地位ではない。形式だけだ。皇妃陛下のように長年の働きから皆に認められている訳でもない。

高位貴族の婦人の中には私を最上位だと認めたくない者もいるようだった。特に私に反感を持っていたのはマルロールド公爵夫人だった。

帝国には現在、傍系皇族として二つの公爵家がある。エベルツハイ公爵家とマルロールド公爵家である。この二家は先代皇帝陛下のご兄弟が興した家だ。

皇族は、当代と同世代のうちは皇族として扱われるが、一世代下がると傍系皇族として公爵家を興すのが習わしである。これがさらに世代が下がると完全に臣籍降下して侯爵家に爵位が下がるのだ。実家のカリエンテ侯爵家も私の七代前だかにそうやって公爵家から侯爵家になった家である。

公爵家であるうちは帝宮の内城壁の内側にお屋敷を構えるという、皇族に匹敵する待遇を与えられ、儀式などでは全てにおいて侯爵以下とは一線を画した扱いをされる存在だ。

何しろもしも皇統が途絶えた場合は、公爵家の誰かが帝位を継ぐことになっているのだ。もしもセルミアーネがいなかったら前皇太子殿下が亡くなった時にそうなっていただろう。

二つある公爵家のうち、エベルツハイ公爵家の現公爵と夫人は私にとても好意的だった。それもそのはず、公爵夫人は私の一番上の姉だ。私が生まれた年に公爵家に嫁に行っているのでずいぶん歳が離れているのだが、私を可愛がってくれるいい姉である。

問題はマルロールド公爵夫人のほうである。彼女は今年で四十五歳になるとは思えないほど若々しく美しい夫人だ。私の姉であるエベルツハイ公爵夫人より歳が上で、つまり貴族女性の序列では姉より僅かに上となる。

前皇太子殿下はお妃様を亡くされていて、皇太子妃は長く不在だった。そのため、マルロールド公爵夫人はここしばらく、皇妃陛下に続く女性社交界の事実上のトップだったのである。ところがここで突然、この私が皇太子妃となり彼女を頂点の座から蹴落とした。同時にエベルツハイ公爵夫人は私の姉として二番目に繰り上がる。つまりマルロールド公爵夫人は一気に三番目にまで順位を落としてしまったのである。

そりゃ気に入らないだろう。自分が何をしでかした訳でもないのに順位が下がったのである。そもそもの話、どうも両公爵家は仲がよろしくないようだ。どちらが上かでことあるごとに揉めているのだという。

それが棚からぼたもちじゃないが、突然皇太子妃の縁戚になったことでエベルツハイ公爵家が優位になったのである。カリエンテ侯爵家は先日まで、現皇帝陛下に遠ざけられて主流から外れていた家だ。

現エベルツハイ公爵が私の姉に惚れて結婚を言い出した時も方々から反対があったほどだったという。結婚を強行したことで公爵両家の勢力争いでは不利になったことだろう。それが今や逆転だ。運命というのは分からないものである。


そんな訳で、マルロールド公爵夫人は私を嫌っていた。もちろんバリバリの高位貴族夫人であるから、顔に出したりはしない。如才なく挨拶や会話もしてみせるが、たまに漏れ出してくる悪意がすごいのである。

「妃殿下はご存じないかも知れませんが」

という枕詞（まくらことば）をつけて話し始めた時は要注意である。私が知る由もない少し前の社交界で起こった出来事を話し始め、公爵夫人の取り巻きと盛り上がり、私を話題の外に置き去りにするのが常套（じょうとう）手段だ。

ほかにも少し前までカリエンテ侯爵家が社交界で元気がなかったことを当て擦ったり、セルミアーネの母親が子爵家出身であることをそれとなく蔑んだり、私がお母様が四十代になってからの娘であることを「素晴らしいことですわ。でも大変でしたでしょうね。普通はそのお年になったら夫との関係も穏やかに変わるものですもの。子供など生まれませんわ」などと褒める振りして貶したりした。

私が田舎育ちなのも知っているらしく、その関係でも私をよくイジった。

「皇太子妃殿下は土をいじって遊ばれたのでしょう？　私は触ったこともないのですが、どんな感触なのですか？」

などと、わざわざ私が田舎育ちであることを強調する話題を振って来るのだ。

いや、別に隠している訳じゃないし、懐かしい故郷のことを話してやるのは構わないのだけど、その度に「私達には真似のできないことですわね」とか「自然に親しまれながらお育ちあそばしたのですね」とか「お母様はきっと妃殿下の将来を思って領地に送られたのですね」とかチクチクそれとなく貶してきやがるのである。

まぁ、この程度のイヤミにいちいち反応していては社交界は渡って行けない。綺麗な返しができるほど話術も洗練されていないから私はひたすら黙っていた。ちなみにお母様やお姉様が側にいてくれた時は上位貴族婦人ならではのイヤミ返しが炸裂して、聞いているだけなら面白かった。

だが、ある日のお茶会の席で、ことは起こった。

マルロールド公爵夫人は例によって私の田舎育ちを持ち出して、私をそれとなく貶し始めた。この時は四姉と末姉がいたのだが、二人は伯爵夫人で公爵夫人よりも大きく位が下がる。私と一緒にいれば皇太子妃の姉として尊重されると言っても限度がある。私を保護してくれる姉がいないことに気を大きくした公爵夫人は、かなりあからさまに田舎を馬鹿にし、間接的に田舎育ちの私を馬鹿にし始めた。

私は正直、マルロールド公爵夫人のイヤミ攻撃、特に田舎育ちネタには飽き始めていて、公爵夫人の言葉は聞き流してお茶請けの焼き菓子を食べていた。ちなみに会話の最中に物を食べるのはギリギリの非マナー行為で、自分の身分が高ければなんとかセーフである。なのでこれはある意味「私はあんたよりも身分が高いのよ」という意味にもなり、それも公爵夫人の癪(しゃく)に障(さわ)ったようだった。

公爵夫人は言った。

「平民達は土に塗(まみ)れて土地を耕すのでしょう？　おお、穢(けが)らわしい。私、見たこともございませんし、見たくもありません」

カチンときた。

このクソ女、今何つった？

土に塗れて土地を耕すのが穢らわしいだと？　なんてこと言いやがる。農家の仕事を馬鹿にするのか？

私の子分には農民の息子も多かったし。私も庭師の義理の娘だ。それに近所の農作業はよく手伝った。土に塗れて、なんなら肥やしに塗れて働いてたわよ。

土と対話し、空気の色を見て、水の音を聞くのは農家の仕事の基本だ。自然と一体になり、作物の声が聞こえるようにならないといい農家にはなれない、とはよく言われた。大地に生き大地に生かされる者達にとって、土に塗れるのは喜びでさえある。

それを穢らわしいだと？　アホか。私は思わず公爵夫人を睨みつけた。ちょっとすごい目で睨(ね)めつけてしまったらしく、公爵夫人どころかその周りの婦人の顔が引きつる。

おっと、いけない。笑顔笑顔。一応口元だけは笑ってるふうにする。だが、目は公爵夫人を睨んだままだ。

「土に塗れる平民が穢らわしいなら、あなたはそのお茶を飲む資格も、お菓子を食べる資格もありません」

私は侍女に合図をして公爵夫人の前からお茶やお菓子を下げさせた。

「妃殿下、な、何を……」

「このお茶も、お菓子を作るために必要な小麦も、果物も何もかも。平民の農民が土に塗れて育てたものです。それを穢らわしいなどと言う者に、それを飲み食べる資格はありません」

私の言葉に周囲の貴族婦人も息を呑む。

「あ、相手は平民ではありませんか」

「平民は確かにあなたよりも身分が下ですが、だからと言って何を言ってもいい、誇りを傷つけてもいいと言うことにはなりません。私があなたよりも身分が上だからと言って、あなたに何を言ってもいい訳ではないのと同じことです」

あからさまに私との上下関係を示され、しかも平民と一緒くたにされて、公爵夫人が怒りで顔色を赤くする。

だが、私としては何逆ギレしてんだテメーくらいの感じだ。私は久しぶりに怒っていた。

農家の苦労も知らんこのお嬢様育ちのおばはんに教えてやりたい。農作物を植えてから収穫するまでがどれほど大変かを。

雨が降るか降らないかで一喜一憂し、長雨が続けばそれはそれで気を揉み、日差しを喜び日照りを嘆き、毎日毎日草を抜き虫を殺し、一生懸命世話をしてもそれでもよく分からない理由で実りが少ないこともある。

そうやって育ててようやく収穫したその作物も半分は税として徴収されてしまう。私は故郷で代官の父ちゃんの代理として税の徴収に関わっていたから分かるが、収穫の半分も持って行かれてしまうのだ。

私が言うのもなんだが、農作業に少しも関わってもいないお父様のためにこんなに徴収してしまうのかとものすごく申し訳ない気持ちになったものだ（魔力の奉納で土地を肥やしていたなんて知らなかったから)。

それでも農家の皆は「ここの領主様はいい方ですよ」と言ってくれた。なんでもほかの領地では収穫の七割を納めなければならなかったり、収穫に関わらず毎年定額の税を納めなければならない領地もあるのだそうだ。

そうやって納めた農民の血と汗の結晶で贅沢三昧した挙句、それを飲み食いしているだけの分際でなんてこと言いやがるこのおばはんは！

私は口元に微笑をなんとか貼りつけながらも怒りの炎がメラメラと大きくなるのを感じていた。

「ひ、妃殿下!?」

「目の色が……」

いろんな人から指摘されたが、私は怒りが高まり過ぎると金色の瞳が赤く光るらしい。故郷では私の目が光り出すと子分達はみんな一目散に逃げ出したものだ。

どうしてくれようか。以前の私なら飛び蹴りの上で関節技かけてその状態でお説教だが、さすがにそんなことをしたらまずいというのはほんの少し残った理性が忠告してくる。お貴族様的な復讐方法は、何か。

「……そんなに農民がお嫌なら、ご領地を農民のいないところに変えて差し上げましょうか？」

「は？」

「マルロールド公爵家のご領地は帝国北東の河沿い、農業地帯でしたね。そんなに農民を見るのがお嫌なようでは領地に赴くのも苦痛でしょう？　ですから、帝国南部の砂漠地帯にご領地を変更して差し上げましょう」

マルロールド公爵夫人だけでなく周囲の貴族婦人達が驚愕した。

「ひ、妃殿下！　それは！」

私の四姉が止めに入ろうとするが、睨んで黙らせる。マルロールド公爵夫人は引きつった笑いを浮かべて反論する。

「で、できる訳がありませんわそんなこと……。皇帝陛下がお許しになりませんわ」

「その皇帝陛下の次の皇帝は私の夫ですわよ？　私は皇妃になりますしね。そうですね、夫が即位すると公爵家は侯爵に下がりますでしょう？　その時に同時に領地を変更しましょう」

マルロールド公爵夫人は真っ青になった。今さらながらに私と自分の立場の違いに気がついたのだろう。

彼女は今は傍系皇族で公爵夫人で、皇太子妃である私とそれほど変わらない地位にいるが、私は次代の皇妃なのだ。それに対してマルロールド家は代替わりを機に侯爵家に位が下がる予定である。つまりセルミアーネが皇帝になる次代では、私と彼女の身分には大差がつくのだ。

皇妃には皇帝にそれほど劣らない政治権限がある。侯爵家の移封を命じることだってできるだろう。もしも皇妃になった私に命じられた場合、その時には侯爵になっているマルロールド家には抵抗する術がないのである。

ふん、こんな農業の苦労も分からない奴の家に穀倉地帯を任せるなんてとんでもない。砂漠で砂でも食ってればいいのだ！

私の本気を悟ったのだろう。お姉様達が青くなってマルロールド公爵夫人に謝罪を促す。

「こ、公爵夫人、謝罪を、謝罪をしたほうがよろしゅうございます！」

「ひ、妃殿下。落ち着いてくださいませ」

私はマルロールド公爵夫人を睨みつける。公爵夫人は顔を引きつらせ、顔中から汗を流しながら、慌てて立ち上がり、私の席の前に跪いた。

「も、申し訳ございませんでした。妃殿下。謝罪いたします。口が過ぎましてございます」

私は公爵夫人の後頭部を睨みつけながら言った。

「謝罪の対象が違います」

「は？」

「あなたが侮辱したのは私ではありません。農民です。農民に謝罪しなさい」

公爵夫人が唖然とする。

「わ、私に平民に対して謝罪せよとおっしゃるのですか！」

「そうです。謝罪するのですか？　しないのですか？」

うぐぐ、っと公爵夫人が固まる。だが、私は赤く光る目で睨みつけて目を逸らさない。私の言っていることがまったくの本気だと分かったのだろう。公爵夫人は屈辱で顔を歪めながら言った。

「しゃ、謝罪致します。農民に」

「……農民が謝罪を受け入れてくれるといいですね」

私はフンと鼻息を吹いて謝罪を受け入れずに、公爵夫人に下がるように促した。

このお茶会の出来事を聞いて真っ青になったマルロールド公爵は、翌日の夜会で私のところに駆けつけて、夫人ともども平謝りしてきた。それでも私はガンとして謝罪を受け入れなかった。

「侮辱されたのは私ではありません」

結局公爵は、農民への謝罪の証として領地の翌年の税率を二割下げることを提案して来て、私はその実行を約束させた上で、ようやく公爵の謝罪を受け入れた。本音ではそれに加えて公爵夫人に農作業を経験させてやりたかったが仕方がない。

社交界ではこの一件で「皇太子妃殿下は綺麗で大人しいが、キレるとものすごく怖い」という評価になったようだった。

この顛末を聞いたセルミアーネはうーん、と腕を組んだ後「よく手が出なかったね。よく我慢した」と褒めてくれた。理解のある夫で何よりだ。

ある日、私は皇妃陛下のお招きを受けて内宮に上がった。それ自体は珍しいことではない。私は三日に一回くらいは皇妃陛下の執務室に行くか、内宮でお茶をしながら、社交で得た情報について皇妃陛下とお話をするからだ。

ただこの日は、皇妃陛下はご挨拶を交わした後、少し居心地が悪そうというか、何かを言いたそうなご様子を見せながらソワソワしていた。

なんだろう？　私が不思議に思っていると、皇妃陛下はようやく決心したように、少し背筋を伸ばして私に問いかけた。

「藤の離宮では花がいよいよ美しいのに、赤い鳥はどうして蜜を吸いに訪れないのかしら？」

は？　なんですか？　私は意味が摑めずに目をパチクリさせた。

えーっと。これはあれだ。多分貴族的な婉曲表現と言うか、隠語だ。

ちょっと待って、今解読するから。

藤の離宮は聞いたことある。そう。私達の住んでいる離宮の庭に綺麗な藤棚があるのだ。なので藤の離宮は私達の住む離宮のこと。転じて私達皇太子夫妻を表す、はず。

花？　は確か女性を意味するから、私のことかしら？　赤い鳥？　これも聞いたことがあるな。帝国の皇帝陛下の象徴色は帝国そのものをも意味する青で、皇太子殿下の象徴色は赤に近い桃色なのだ。で、鳥にはたまに男性を指すこともあるから、この場合は赤い鳥は皇太子。つまりセルミアーネのことだと思われる。

その後が分からない。蜜？　蜜を吸うに何か意味があるようだが、ちょっと初耳で分からない。私が作り笑顔のまま固まって悩んでいると、皇妃陛下が全て諦めたように貴族とは思えない直截的な言い方をした。

「あなた達は最近、その、夫婦生活をしていないのではないかという、意味です」

……夫婦生活？　……ああ、あーあーあー。アレか。アレはうん、そうね確かにずいぶんご無沙汰だわ。多分、離宮に引っ越してからは一度もシテないわ。あれ？　もっと前からだっけ。

……って、ちょっと待って？

「……ど、どうして皇妃陛下がそれをご存知なのですか？」

皇妃陛下は珍しく眉を顰め、怒ったようなお顔でとんでもないことをおっしゃった。

「離宮の侍女長から報告を受けているからです」

「……なぜ離宮の侍女長が知っているのですか？」

皇妃陛下は少し驚いたようなお顔をなさった。私が知らなかったことが意外だったようだ。

「それは不寝番から報告を受けているからでしょう」

不寝番？　それさえ分かっていない私に皇妃陛下が説明してくださった。

不寝番とは要するに、私達が就寝中にお部屋の入り口を守る侍女のことで、扉の外の椅子に一晩中、もしくは交代で座っているのだという。部屋の扉のすぐ近くなので、部屋の中で変事が起こればすぐ分かるし、主の呼び出しにいつでもすぐ応じることができる。

へー。そんなのがいたんだ。脱走の時気がつかれないでよかったわ。

そしてその皇太子夫妻の寝室を守る不寝番の重要な仕事の一つが、皇太子夫妻がその晩に夫婦生活を行ったかどうかを記録し、報告することだという。

……え？　……ぎゃー！　な、なんですかそれは！

「ふ、夫婦生活を記録って！　なんですか！　どうしてそんなことされなきゃいけないんですか！　ひどいですよ！」

私は貴族仕草を放り捨てて抗議したが、皇妃陛下は私をキッと睨んで私を叱った。

「お黙りなさい！　必要があるからそうしているのです！」

なんでも、皇族の出生には一分の疑いを抱かれることも許されないのだという。そのため、皇族の妊娠が発覚した場合、記録を遡っていつ行為が行われたかを調べ、間違いなく皇族の子供であるかどうかの確認が行われるのだという。

そのために皇族はその夜に行為を行ったかどうかを不寝番によって全て記録されるのだという。これは皇帝ないし皇太子が浮気した場合、皇妃もしくは皇太子妃が不倫をした場合も同様だ。子供の認知の際の参考にするためである。

あまりにとんでもないことを聞いて呆然とする私を無視して、皇妃陛下はやや厳しい顔で私に問いかけた。

「どうして夫婦生活を行わないのですか？　離宮に入ってもう三ヶ月は経ったではありませんか。その間一度として行われていないというではありませんか」

「そ、そうですが……」

「なぜですか？　まさかセルミアーネが性的に不能と言う訳ではありませんよね？」

と、とんでもない。セルミアーネは元気ですとも。ええ。新婚当時は大変だったんですから。

「それともあなたが拒んでいるのですか？」

「い、いえ、そのようなことは……」

「では、どうしてなのですか？　理由があるはずです。もしもあなた達が夫婦生活に支障があるようなら、セルミアーネに愛妾を娶らせることも考えなければなりませんよ」

え？　私は思わず皇妃陛下をまじまじと見つめたが、皇妃陛下のお顔はごく真剣だった。セルミアーネに浮気させると妻に面と向かって言うとは……。

「勘違いしてはいけませんよ、ラルフシーヌ。皇太子の最も大事な仕事は皇統を継ぐ子をたくさん作ることです。そのためには皇太子妃で足りなければ愛妾を何人でも作って子を作らなければなりません」

私は皇妃陛下の言葉に呆然とし、皇妃としての覚悟に唖然とした。

私は皇妃陛下が、皇帝陛下の愛妾の子であるセルミアーネを皇太子として認めたということについて深く考えたことはなかったが、その根本にはこの覚悟があったのだ。セルミアーネの母親が自分の親友であるフェリアーネ様だからセルミアーネを歓迎している訳ではなかったのである。

ううう、無理。私にはそんなの無理。とてもではないがそんな覚悟はできない。

セルミアーネに浮気されて作られた子供を認知して、皇妃として義理の母になり、その子を皇太子として擁立するなんて。そもそも浮気の段階で無理。セルミアーネに飛び蹴りをかまして相手の女を投げ飛ばしてしまうだろう。

セルミアーネに浮気されたくなかったら、私が頑張るしかない。私がセルミアーネの子供をたくさん産めばいいのだ。

「わ、分かりました。分かりましたから。私が産みます。ちゃんと夫婦生活します！」

そもそもご無沙汰に理由があった訳ではないのだ。離宮に入ってさらに皇太子夫婦になってしまい、お互い疲れ果ててそういう気分にならなかっただけで。うん。そういうことならしよう。今日からしよう。頑張ろう。

……と思って気がついた。……そのスルということは……。

「……不寝番て、絶対置かなければならないのですか？」

「当たり前ではありませんか。理由があると言ったでしょう？」

「恥ずかしいのですけど……」

「我慢しなさい。皇族なら皆通る道です。大丈夫です。見られる訳ではありませんし、せいぜい今日は何回なさった、くらいしか分からないようですから」

「何回したかまで記録されるんですか！」

なんだよその羞恥プレイ。私はあまりの恥ずかしさと絶望に顔を赤くして、テーブルに突っ伏した。

【第15話】潜入する皇太子妃

皇太子妃の仕事で、社交に次いで重要なのは儀式である。

毎日一度、お昼前──都合が合わなければ夕方になる場合もある──に行われる魔力の奉納を始め、多種多様な儀式が年中ある。

新年祭、春の祈年祭、夏の例大祭、秋の豊穣祭などが主なもので、これには皇族全員が参加しなければならない。

ほかにも神や聖霊に捧げものをする儀式がいくつもあり、そういう細かい儀式は大体皇太子夫妻の仕事である。そして皇太子は忙しいので、皇太子妃が単独で行うことが多い。

この儀式も大変に面倒くさい。毎日の魔力の奉納だけは普通のドレスで大丈夫なのだが、そのほかの儀式は必ず儀式正装着用である。しかも儀典省のお役人が来て間違いがないかどうか必ずチェックする厳格なものだ。

まぁ、儀式なのだからいい加減なのよりはいいのだろうが。これが毎月一回は確実にある。

儀式用の作法も大変面倒くさい。それでいて、行うことは大神殿の祭壇で司祭や神官と共に祭壇に捧げものをしてお祈りし、少し魔力を奉納するだけ。これで半日が潰れてしまう。

これってどうしてもやらなければいけないことなのかしら？　と私が疑問に思うのも無理も

ないわよね。

私は儀式に対してひたすらに面倒くさくて長くて面倒くさいという感想しかなかったのだが、なぜか私の儀式は評判がいいようだった。

大神殿から「皇太子妃殿下の儀式のあとは神が非常にお喜びです」と言われた。なんだ？　神がお喜びって？

よくよく聞くと、大神殿での儀式には、神殿を訪れ願いごとをする平民達の願いを神に届きやすくするために、魔力がない平民の代わりに魔力を奉納する、という意味合いがあるらしい。どうやら私が儀式を行った後には神に願いが通りやすくなっているらしく、お祈りしたら願いが叶ったとか病気が治ったという者が増えたとか。

え？　神殿のお祈りって実際のご利益があるんだ！　と不信心な私は驚いたのだが、私の魔力が平民のみんなの役に立つのは嬉しいことだ。

それじゃあ、と張り切ってもっと奉納しようとしたら、セルミアーネに止められた。毎日やる豊穣と守護のための奉納のほうが大事なので、神殿の儀式では少ししか奉納してはいけないらしい。

「豊穣と守護の魔力が足りないと、帝国全体で飢饉が起きたり疫病が流行ったりするかもしれない。そうしたら神殿で叶った願いをかき消すほどの不幸が帝国に訪れる」

というのだ。それはもっともだ。

私の魔力は多いので、普通に奉納しただけでもこれまでの皇太子妃の奉納よりも多いのだろうとのこと。むぅ。せっかく平民のみんなの直接役に立てるところなのに。

魔力などどうせ使わないのだからどっちにも全開で奉納すればいいのでは？　と思うのだが、魔力は命そのものなので、使い過ぎて必要な生命力まで削って寿命を減らしたら大変だから余裕を見て奉納しなければならないらしい。

月一の儀式でそれだけ面倒くさいのだから、年四度の大祭となれば何週間も前から準備に大騒ぎだ。

祭りの度に儀式正装を新調し、例大祭などは神殿の中の祭壇を毎年作り直す。全能神の、あの男だか女だか分からない（両性具有というらしい）大きな神像も毎年造り直すのだ。

この祭壇と神像は去年の物は下賜（かし）されて、各貴族が自分の領地の神殿に安置する。カリエンテ侯爵領で私がごくまれにお参りしていた神殿の祭壇と像もそうやって頂いたものらしい。知らなかった。

大祭は皇帝陛下・皇妃陛下に続いてセルミアーネと並んで儀式正装で入場し、同じく儀式正装に身を包んだ上位貴族と帝国の繁栄を願う壮麗な儀式だが、とにかくこれが丸一日だ。ものすごく疲れる。しかも月一の定型作法とは別に祭りごとに約束事や禁止事項があり、さすがに年一回だと何年経っても覚えられなくて大変だった。

ちなみに故郷ではお祭りは年に二回、祈年祭と豊穣祭しかなく、父ちゃん母ちゃんが神殿に行っていたのは知っていたが、私は仲間とただはしゃいでいた記憶しかない。

私の魔力は本当に多いらしく、日々の奉納や祭りの時の奉納が楽になったと両陛下が喜んでいた。お二人だけでの奉納だと限界ギリギリまで魔力を絞り出さないといけない感じだったそうで、セルミアーネと私が加わって助かっているらしい。

「私の寿命も延びるかも知れんな」と皇帝陛下はおっしゃった。魔力を使い過ぎると寿命が減る。冗談ではないので笑えない。

そこで不思議に思ったのだが、私とセルミアーネの魔力が増えた分、全能神にたくさん魔力を奉納すれば、その分国土が肥え栄えるのではないだろうか。

そう聞いてみると皇帝陛下は首を横に振られた。

「魔力で国土が肥え過ぎると、害獣が大きく強くなってしまうのだ。ほかにも地力を吸って巨大な神獣が出たりする。安易に魔力を奉納し過ぎると大きな反動が来る」

なので、魔力の奉納は害獣の発生などのバランスを見て、どれくらいするか皇帝陛下が決めているのだという。

数年前には、とある伯爵が領地を富ませようとして必要以上に領地に魔力を奉納した結果、竜が出て領都が焼かれてしまったそうだ。

ということは毎日の奉納を頑張り過ぎれば、竜が現れてそれを私が狩れば、一粒で二度と美味しいいんじゃない？　……ダメですよね。分かっていますとも。言ってみただけですよ。

私は故郷では神をまったく信じていなかったが、こうして儀式を繰り返していくうちに神の存在を信じるようにはなった。

私が儀式で魔力を奉納をする神は全能神ではなく、その一つ下の階級の神である季節神と火、水、木、金、土の神様で、全能神みたいによく分からない神と違って役割が明確で親しみやすかったというのもある。


社交を毎日行う中で、疑問に思ったことがある。

私は皇太子妃で、貴族女性の最高峰だ。そのため、私が出る会は社交界でも最高の社交場となり、出席が許されるのは相応の権力を持った上位貴族に限られる。

だが、皇太子妃が社交を行うのは、貴族女性から意見・要望を吸い上げて皇太子なり皇妃陛下なりに伝え、政治に反映してもらうためだ。実際、私は既に何回か出席者から聞いた要望や提案をセルミアーネに伝えて実行してもらっている。

なのに、私が出る社交の場に高位貴族しかいないのでは、要望を伝えることができるのは上位貴族だけになってしまうではないか。上位貴族の意見ばかりが政治に反映されることになる。これは不公平ではないか？

帝国には上位貴族の何倍もの下位貴族がいるし、なんならその下には平民が貴族の何千倍もいる。そういう人達の意見はどうやって政治に反映されるのだろう？

私がそう漏らすと、私の末姉のヴェルマリアお姉様は不思議そうな顔をした。ヴェルマリアお姉様はラフチュ伯爵夫人だが、伯爵としては格の低い家で上位貴族だが下位寄りの立場である。

「下位貴族は誰か上位貴族の作った派閥に入って、その派閥の上位貴族を通じて自分の要望を皇族に伝えてもらうのよ」

下位貴族にも下位貴族だけで行われる社交があり、そこで調整された意見が派閥をまとめる上位貴族に伝えられ、その上位貴族が私達皇族との社交の機会に要望を伝えるらしい。

実際にはもっと面倒で、下位貴族にも格があるから、同じ格同士の社交でまとめた意見をちょっと格上の社交の場に出た時に伝えて、みたいに、少しずつ上に上げて行くものらしい。

平民も同じで、平民の有力者になると下位貴族の社交の場に招かれる機会もあるから、その時に平民の要望を伝えるそうだ。平民が出られるのはせいぜい男爵辺りの、貴族としては最下位の社交の場だから、そこから上に上げていくのは大変だろう。

ちなみにヴェルマリアお姉様は、皇太子妃の姉権限で格を飛び越して私の出る社交の場に参加しているし、こうして二人でお茶を飲む機会もあるので、私に要望を伝えやすい立場にある。そのため、親交のある貴族から私への意見・要望を山ほど預かっているそうで、今や派閥の長に成り上がっているらしい。「忙しくて大変よ～」と嬉しそうに笑っていた。

だが、お姉様がその預かった要望をなんでもかんでも私に伝える訳ではないように、やはり最終的には上位貴族の伝えたいことだけが私の元に届く訳である。それだとやはり偏るのではないだろうか。

私は故郷でも帝都でも平民の仲間がたくさんいたが、彼らも年中お上に対して不満や要望を漏らしていた。故郷では代官代理みたいなことをしていたから、そういう声を拾い上げて改善に繋げたことが何回かあった。

なんとか平民の声、平民は無理でも下位貴族の声を直接聞く方法はないものか。私は悩んだ挙句にセルミアーネに相談した。

「ずいぶん面白いことを考えるね。ラルフシーヌらしい」

セルミアーネは驚きながらもそう言って、上手い方法がないか一緒に考えてくれた。

その結果――

私は、とある子爵が開いた夜会に来ていた。――変装して。

黒いウィッグを被り、前髪を垂らして目を隠している。身分はヴェルマリアお姉様の家の分家の男爵の令嬢・チェリムということにした。既婚者なのに令嬢を名乗るのは少し抵抗があったが仕方がない。

本当は、堂々「皇太子妃が来たわよ！」と乗り込みたかったのだが、それはセルミアーネ以下反対多数で実現しなかったのだ。

「貴族の階級社会は皇帝の権力基盤でもあるから、蔑ろにして貴族社会から反感を買ったらダメ」

ということだった。高位貴族にとっては皇族に直接会って要望を伝えられるということ自体が権力を意味する。それを飛び越す行為が歓迎されないのは当然だろう。面倒だが、せっかく高位貴族に受け入れられつつあるのだから、無駄な反感を買う必要はないのは分かる。

それに私が正面切って乗り込んだら、場が大混乱になって意見を汲み取るどころではなくなるかもしれない。

変装して潜り込むなんて、よほど内緒でやらないとな、朝の抜け出し並みに、と思ったのだが、セルミアーネはちゃんと皇帝陛下と皇妃陛下に話を通したそうだ。

「君が何かしでかした時にフォローしてもらうには事前相談が大事」だそうだ。私がやらかすことは確定なのか。

両陛下は自分達にはない発想にびっくりなさったそうだが、確かに下位貴族の実情を直接知るのは大事だと分かってくださり、私の潜入を許可してくださった。

陛下の許可さえあれば怖いものはない。堂々（嘘、一応お忍びなのでこっそり）私は侍女達に準備を指示した。離宮侍女長のエーレウラは、話を聞いても顔色一つ変えず「分かりました」と言って下位貴族相当のドレスや靴やウィッグを調達してきてくれた。

そうして、夜会が行われるなんとかという子爵のお屋敷、というより邸宅へやってきたのだった。

小っさ！ と私はその邸宅を見て驚いたのだが、よく考えるとそんなこともなかった。私達が以前に住んでいたセルミアーネのお母様の邸宅とほぼ同じ大きさである。私が帝宮の規模に慣れ過ぎたのだ。

そういえば前の家にも一応ホールがあったわね。使わなかったから私が勝手に狩り用具の荷物置き場にしていたけど。この邸宅では立派に使われていて、この日は三十人くらいの紳士淑女が着飾って集まっていた。それほど広からぬホールに三十人であるから結構人口密度が高い。ダンスするスペースもせいぜい五組も踊ればいっぱいだろう。あれでは私の好きな激しいダンスは無理ね。隣の人の邪魔になる。

上位貴族の夜会と違って、なんだか雑然としている。見ているとお作法がかなり適当で、私がしでかしたらエステシアに帰ってから怒られるような不作法も散見される。それが分かるようになったんだから私も成長したものである。話し声も上位貴族のように控えめではなく、かなり大きな声で笑ってる婦人もいた。

つまりあんまり堅苦しくなく、私としては歓迎できる雰囲気だった。私は独身ということになっているので、ヴェルマリアお姉様が随伴夫人ということになっていた。独身の令嬢は一人で夜会に参加してはならず、既婚の随伴夫人か兄弟、もしくは婚約者と来なければならないのだそうだ。

若い令嬢が集まって話に花を咲かせているところや、婦人と思われる集団が大声で笑っているところにさりげなく近づき、混ざる。

上位貴族のように常に相手を観察し、自分と相手の地位や距離感を測りつつ、遠回しな会話をする、という傾向は薄いようで、言葉遣いも会話の内容も直接的だ。格好は上等だがやっていることは平民の井戸端会議と同じだな。私は少し懐かしくなった。

井戸端会議なので、話題はうちの夫はどうとかあそこの夫はどうとか、どこそこの息子は出世しそうだとかあそこの娘は結婚が近いらしいとか、どこでもネタは同じだなぁというような話が飛び交っていた。まぁ、これは実は上位貴族も同様で、同じような話題をお上品に遠回しにお話しするだけだ。であればこっちのほうが、分かりやすい分私には好ましい。

そういう話題の中に「どこそこの家は困窮している」とか「某子爵家では領地経営が上手く行かなくて、身分返上の話が出ている」などという深刻な話も出る。

あとはやはり皇帝陛下に対する不満である。よく聞いたのは「皇帝陛下は子爵身分を増やすことに積極的ではない」という不満だった。

帝国貴族の階級のうち、騎士と男爵階級には領地が与えられない。子爵以上になって初めて領地に封じられる。領地がない貴族の収入は、騎士なら騎士団に勤務することで、男爵なら官僚として各省庁に勤務することで得られる役職手当だけなので、領地からの収入がある子爵以上とは大きな差が出る。

男爵身分の者としては早く領地をもらって子爵になりたいだろう。ただ、魔力がなければ子爵にはなれないので、平民出の男爵は貴族との婚姻か養子縁組が絶対に必要だが。

だが、領地を頂けばその領地を経営しなければならない。この領地経営に失敗する新子爵があまりに多いと聞いたことがある。

これは領地を授かると言っても、新たな子爵に与えられるのは基本的にまだ発展していない土地なので、収穫を得るにはその土地に人を集め、開墾し、発展させなければならないということが理解されていないためだという。

つまり投資が必要で、その資金は国庫から低利子で貸し付けられるのだが、新子爵は投資を惜しんで拙速に利益を求め、結局土地を荒廃させてしまうのだ。

そういう例があまりに多かったため、皇帝陛下は子爵を増やすことに慎重らしい。それが子爵になりたい者には不満なのだろう。

難しいわね。皇帝陛下の意図を分かってもらいつつ、不満を解消させる方法があればいいんだけど。


そんなことを考えながらホールをウロウロしていたら、突然私の前に一人の男性が立ち塞がってきた。

「モムゼン男爵ケディスと申します。ご令嬢、一曲お付き合い頂けないかな？」

ああ、ダンスのお誘いか。それにしてもいきなり通せんぼするとは強引な誘い方ね。

変装がバレたら困るから踊る気はなかったのだけど、まったくダンスをしない令嬢というのもおかしいのかもしれないので、仕方なくこの男性に手を預けた。

「お名前を伺っても？」

「キックス男爵の娘、チェリムと申します」

姓までは考えていなかったので咄嗟に父ちゃんの家名が出てしまった。

「そうですか。ラフチュ伯爵夫人とご一緒だったようですが、ご縁戚ですか？」

「ええ、まぁ、遠縁で」

私がお姉様と一緒に入場したのに気がついていたなんて、なかなか目敏いな。

「やはりそうでしたか。ラフチュ伯爵夫人が随伴してくださるのだから、伯爵夫人に可愛がられていらっしゃるのでは？」

「ええ、そうですね。可愛がって頂いておりますわ」

「そうでしたか。そうでしたか」

男爵は満足そうに言い、踊りながら私に、なんとかお姉様と面識が持てるように協力してほしいと言い出した。どうもこの男爵も子爵になりたい口のようだ。

口利きしてあげてもいいが、ここでは目立ちたくない。言葉を曖昧に濁していると、男爵は少し残念そうに言った。

「本当はあなたにお願いしなくても、私はラフチュ伯爵夫人とは縁戚になるはずだったんだがね」

は？　どういう意味？　私が驚いていると、男爵は少し鼻を上げて自慢げな顔をした。

「ラフチュ伯爵夫人の妹君であるラルフシーヌという方がいるのだがね。私はその方と結婚寸前まで行ったのだ」

……はい？

「それが途中でどこかの騎士に掻っ攫われてね。侯爵家と縁戚になれるまたとない好機だったのに、惜しいことをした。侯爵様も私を気に入ってくださっていたんだがな」

……あ！　思い出した！　セルミアーネが私に求婚していた時に、同時に求婚していてライバルだったとかいう次期男爵！　跡を継いで男爵になってたのね。

はー、こいつだったのか。私はしげしげと男爵を観察する。ヒョロんと背が高くて優男。全然弱そう。ミアのほうが二千倍くらい強いわ。

お父様は一回も会ってなかったはずだけど？　何かお父様が期待を持たせるようなことを言ったのだろうか。

「まぁ、かなり奇矯なところのある令嬢だったようだからな、ラルフシーヌ様は。貧乏騎士などに嫁いで今どこでどうしておられるやら」

……もしかして、セルミアーネが皇太子になったことも私が皇太子妃になったことも知らない？　そんな馬鹿な。でもこの夜会でも感じたが、下位貴族と上位貴族の間にはどうも情報に大きな断絶があるようなのである。本当に知らないのかもしれない。

「まぁ、逃した魚を語っても仕方がない。どうかなご令嬢、私は侯爵様からも見込まれるほどの男なのだ。私と付き合ってみないかね？」

……私がその逃した魚なんだけどね。よかったわ、こいつが夫にならなくて。なんか甘ったるい香水つけてるし、なんか踊りながらベタベタ触ってくるし、口を開けば自慢ばかりだし。

私はだんだんイライラしてきた。

その時、曲が切り替わった。私はステップを切り替えて、ゆったりした動きから早く小さな動きに変更する。男爵は驚きながらもついてきた。よし、しっかりついてきなさいよ。

私達が早い動きをしているのを見て、面白がった楽団がどんどん早くてアップテンポの曲を演奏し始めた。望むところだ。私はどんどん動きを激しく大きくして男爵を踊りながら振り回した。

そんな曲が四つも続いたところで男爵がついに音を上げた。優男顔を汗だらけにしながら這々(ほうほう)の体(てい)で逃げていく。へへん。一昨日きやがれってんだ。

あとで聞いたところあの男爵、どうしようもない遊び人で有名だそうで。下位貴族でもさすがに皇太子殿下と妃殿下の名前を知らない奴はそんなにいないはずとのこと。

夜会から帰った私はセルミアーネに、騎士や男爵で子爵になりたがる者が多いのに、新規子爵を絞っている理由が周知されていないために、皇帝陛下への不満が溜まっていることを話した（優男男爵のことは言わなかった）。

「きちんと説明しておくか、何か対策したほうがいいんじゃないかしら？」

「対策？」

「結局、褒美にもらったはずの領地が稼ぎを生まない土地であることが問題なのよね？　だったら、ちゃんと収益が出る土地を与えればいいのよ」

「だが、収益がある土地は、既にどこかの貴族の土地になっている。誰かが投資したからこそ富を生む土地になっているんだから」

「だから、いきなり土地を与えないで、与える予定の土地を五年貸し与えて、その五年で収益が出る土地にできたら、本当にその土地を与えるというのはどう？　それができなければ叙爵は取り消し」

セルミアーネは驚いた顔をした。

「それはまた突飛なことを考えたね？」

「そう？　だって普通、見習いもさせずにいきなり大事な仕事を任せないでしょ？　土地を治めるなんて大仕事をいきなりさせるからいけないのよ。見習い期間がいるわ。できれば経験豊富な助言者も欲しいわね」

私が言うと、セルミアーネは納得してくれて、皇帝陛下に提案してくれたようだった。

皇帝陛下は閣僚と協議して、新規に子爵に叙爵する者に対しては、五年間土地の開墾事業を命じ、成功した場合にはその土地を授与することを定める布告を出した。それに合わせて引退貴族を集めた土地経営のアドバイスをする機関の設立や、資金の貸付けについての定めなども制定した。

この決まりによって新規子爵の破産は減ったし、子爵になることの難しさを知る者が増えて単純に子爵になりたがる者が減って、皇帝陛下への不満も減ったようだった。

もちろん、優秀な者はきちんと結果を残して子爵になり、帝国に新たな収益を出す土地と人民が加わることになる。

ちなみにあの優男男爵は、遊び人で抜けてはいるがそこそこ優秀な経営手腕があったらしく、後にちゃんと子爵になった。その頃にお姉様がこっそり私とセルミアーネの正体を吹き込んだら、真っ青になって卒倒してしまったそうである。

【第16話】熊を狩る皇太子妃

「熊を狩りに行こう」

ある日の晩餐の席でセルミアーネが言った。

「はい？」

私は意味が分からずカトラリーを持ったまま硬直した。そしてどうにかセルミアーネの言葉の意味を咀嚼（そしゃく）すると、思わず椅子を鳴らして立ち上がってしまった。エステシアが目を剝く。あ、しまった。

何事もなかったかのように上品に座り直した後、私はセルミアーネを目を輝かせながら見つめた。

「詳しく！」

私の反応にセルミアーネは若干引き気味だったが、私にあんなことを言えばこういう反応が返ってくると予測してもいたのだろう。仕方ないという感じで話し始めた。

「帝都近郊の森にキンググリズリーが出たらしい」

キンググリズリー！　灰色の毛の大熊！　帝都に来ての狩人生活中、探し求めてついぞ出会えなかった憧れの獲物だ。

その言葉だけで夢が膨らんで大変なことになっている私に、セルミアーネは少し眉を顰めながら言った。

「いや、結構洒落にならない事態なんだ。一週間前ぐらいに目撃されて騎士団に依頼が来たから、狩人協会の者達と騎士団員十人が討伐に向かったのだが……失敗したんだよ」

え？　騎士団が十人かかって負けたの？　びっくりする私に、セルミアーネはさらに言った。

「幸い死者は出なかったけど、負傷者多数。重傷の者もいる。うちの騎士団が害獣の討伐に失敗するのは滅多にないことだよ」

それはそうだろう。私はセルミアーネについて行って、何度か騎士団の訓練を見学したが、どの騎士もなかなか強そうだった。手合わせしたいと言ったらエステシアに怒られたからできなかったけど。

その騎士が十人も向かって返り討ちに遭うというのはどういうことなのか。

「どうも通常のキンググリズリーより大きいらしい。見たこともない大きさだったそうだ」

おおお、それはすごい！　私が今まで見た中で一番大きなクマはせいぜい体長三メートルのレッドベアーだ。キンググリズリーはそれより大きいと聞いている。それのさらに大物だ。きっとものすごい奴に違いない。

私が感動に打ち震えていると、セルミアーネがため息をついた。

「喜んでいる場合じゃないんだ。帝都の森は一般の市民も採集や狩りに行く場所だし、横に街道も通っている。キンググリズリーが出て以来、森への出入りは禁止、街道も封鎖している」

帝都の市民にとって帝都の東に広がる巨大な森は、狩猟や木材、薬草、果物などの採集ができる市民の生活を支える重要な役割を持った場所だ。狩人や木工、薬草師などにとっては職場でさえある。封鎖される期間が長引けば市民生活に大きな影響があるだろう。

それに街道が封鎖されたままでは交易が滞る。帝都の東にある街や村に帝都の物資が届かなくなれば、そこの物価が上がって市民が困ることになるだろう。

「だから早急に討伐しなければならない。そのため、私が騎士団を率いて討伐に出るよう皇帝陛下に命じられたんだ」

皇太子自ら害獣退治に出撃なんて、かなり大袈裟(おおげさ)な話である。それだけ今回のキンググリズリーが難敵なのだろう、と私は思ったのだが、裏の理由としては皇太子としてセルミアーネが初めて騎士団を率いるにあたって丁度いいレベルの敵だというのもあったそうだ。

いきなり外国との戦役で初陣(ういじん)するよりは、巨大害獣を相手にやらせてセルミアーネの指揮能力を測ろうとしたのだろう。

「もちろん、本来は私が出ればこと足りる。今度は百人規模の部隊を率いるつもりだし。だが、私がキンググリズリーの討伐に出たと君があとから知ったら……」

「ただじゃおかない」

「……と思ったから、皇帝陛下に進言して君も討伐に参加できるようにしたんだよ」

さすが、セルミアーネは私のことをよく分かっている。

セルミアーネが私に内緒で熊退治に出撃した場合、討伐中に知ったら無許可で追いかけるし、終わってしまっていたら代わりの熊を狩るまで森の奥に行って帰ってこないか、セルミアーネに死ぬほど八つ当たりだ。そんなことをされるよりは、正直に打ち明けて一緒に連れて行ったほうがいいという判断だろう。

「よく皇帝陛下の許可が出たわね」

「結婚してすぐの頃に内宮に上がった時、君がさんざん熊狩りの話をしたろう？　陛下はそれを覚えていたから、君の並々ならぬ熊狩りへの情熱を見込んで許可をくれたのさ」

皇妃陛下は驚いて反対したそうだけど、セルミアーネが「我が家庭の平穏のために」とお願いして最終的な許可が出たらしい。

両陛下の許可が出ているなら遠慮することは何もない。ひゃっほう！

思わず踊り出しそうになったが、表面上はうふふふ、っと上品に笑うだけに留(とど)めた。

「明日、出撃の予定だから準備をしておいてくれ」

「服と道具が必要よ。前の家に置きっぱなし！」

「大丈夫。ハマルとケーメラに使いを出したからそろそろ届くよ」

さすがセルミアーネ。

私は晩餐後、届いた狩りの用具を手入れしながら有頂天だ。だが、侍女達はドン引きだった。

「ひ、妃殿下が狩りをなさるのですか？」

「そうよ。大丈夫。私は一流の狩人だったんだから」

私の元を知っているエステシアとアリエスは頭を抱えているが、よく知らない侍女は目を白黒させるだけだ。だが、いつも冷静沈着な離宮侍女長のエーレウラは特に動揺した様子もなく、私の装備をジッと見つめると、狩人装束を指して言った。

「妃殿下。妃殿下のご衣装としてこれはいかがなものでしょう。このようなご衣装で外にお出になることには反対いたします」

「え？　でもこれは狩人の服だもの。これが一番動きやすいのよ？」

「妃殿下。妃殿下は狩人ではありません。今回の任務は狩りではなく討伐として騎士団に同行されるのだと伺っています。その時に妃殿下がこのような格好をしていては妃殿下の、ひいては皇太子殿下の恥になります。ご一考ください」

私はうーん、と考え込んでエステシアを見る。エステシアも「ダメです」と首を横に振っている。やはり皇太子妃が狩人装束を着るのはダメなようだ。まぁ、確かにコレ、下が脚の曲線丸出しのスパッツだしね。

「分かりました。どうすればいいかしら？」

「私達がこれから急ぎ殿下の格に合う衣装を調達して参ります。殿下は用具のお手入れが終わったらご就寝ください」

うん、と私は頷いた。どのレベルならOKなのかが分からない以上、エーレウラとエステシア達に任せるしかない。

私は弓の弦を張り替え、矢と槍の歪みを確認し、刃物を全部自分で研いでから——ドレス姿でやるのは結構大変だった——ワクワクしながら眠りに就いた。

翌朝。おそらく徹夜で侍女達が調達してきた「皇太子妃が着ておかしくない活動的な服」を着せられる。

上等な生地のチュニックに膝丈のスカート。スカートにはプリーツが数カ所入っていて広がるため動きやすい。その下に細身のズボン。そしてブーツ。手袋と首にスカーフ。そしてつばの広い帽子。色はベージュと紺を基調に組み立てられており、全体に華麗な刺繍が入っている。髪は編んでまとめ、お化粧も薄くだがちゃんとした。

うーん、まぁ、思ったより動きやすい服ではある。帽子を除けば。

「帽子はやっぱり狩人帽じゃダメ？」

「実際に戦われる時は脱いでも構いませんが、騎士団と同行する際にはこちらの帽子を被っていてくださいませ。あとマントも」

なるほど。この服装は同行している騎士団向けの服なのだ。上に青いマントを纏えば確かに皇太子妃の格に相応しい感じになる。


しかし、それにしても……。

「エーレウラは私が戦いに行くこと自体には反対しないのですね？」

「皇族はいよいよとなれば帝国を守るために剣を持つべし、というのは初代皇帝以来の国是（こくぜ）でございますよ」

エーレウラはいつもの謹厳な顔を崩さないまま言った。なるほど。あとで知ったが、私が着ているこの衣装は、実はこの上から鎧を纏うこともできる皇妃様用戦闘服みたいなものらしい。

「帝都の民を守るため、皇太子殿下と皇太子妃殿下ご夫妻がご出陣なさるのです。それを見送ることができるのは誉（ほまれ）というもの。ご武運をお祈り申し上げます。全能神のご加護が両殿下の上にありますように」

エーレウラが頭を下げると、ほかの侍女も一斉に頭を下げた。

「ご武運を。全能神のご加護が両殿下の上にありますように」

私は皇太子妃らしく微笑みながら言った。

「任せておきなさい」

私達は騎乗し、騎士三十人と狩人を含む人員、約百人を引き連れて帝都の森に入った。とても熊狩りとは思えない人数だが、前回騎士十人と狩人達で返り討ちに遭っているのだ。大袈裟とも言えまい。

久しぶりに入った帝都の森は相変わらず豊かだった。木々は青く繁り、動物の気配は多い。この森の豊かさも私達が魔力を捧げた結果だと思うと、何だか誇らしいわね。

私は嬉しくてニコニコしていたが、後ろに徒歩で続く騎士達はそんな私を見て怪訝な顔をしていたらしい。それはそうだろう。いくら有事には戦えと国是に定められていると言っても、皇妃や皇太子妃が実際に戦場に出たことなど歴史上ほとんどないはずだ。

私が集合場所だった騎士の訓練場に現れた時には全員の目が点になり、マントを翻して馬に一人で飛び乗るとさらに驚かれた。ちなみにこの栗毛（くりげ）の馬は借りた。なかなかいい馬だ。

乗馬が趣味の貴族婦人はよくいるらしいが、森の凸凹道を危なげなく登って行くのは普通の乗馬のレベルではないだろう。私にとっては普通のことだが。

森を進むこと約二時間。前回熊と遭遇した辺りまで前進したようだ。

セルミアーネはそこに本陣を置いて、一緒に来ていた狩人に斥候を命じた。ちなみに狩人は全員私の顔見知りで、私のことを見て目と口をまん丸くしていた。そりゃ女狩人「ラル」が皇太子妃でございと現れたら驚くわよね。

私はマントと帽子を脱ぐと、セルミアーネの従卒に預けた。

「私も行っていいのよね？」

セルミアーネは諦めたような顔をして頷いた。

「いいよ。くれぐれも気をつけてね」

うんうん、それでこそセルミアーネ。私は目を丸くする騎士を尻目に森に分け入った。むう。やっぱりスカートが引っかかるな。

「お、お待ちください！　妃殿下！　護衛いたします！」

「無理無理。ついて来れないから。じゃあ行って来るわね」

私はセルミアーネに言い残して、木の上に飛び上がり、枝の間を跳んで渡って進み始める。この森でやるのは久しぶりだが、毎日抜け出して帝宮内部の森でやっているので動きに衰えはない。服もすぐに慣れた。


熊の気配を追いながら進むと、異様な光景が見えてきた。

木々が薙ぎ倒され、折れ砕けた木が白い断面を晒している。何かが移動した痕跡のようだが……なんだこれ？　見たことがない光景に驚きながらその跡を辿る。すると前方に何やらとんでもないモノが蠢いていた。

は？　何あれ？　さすがに私も思考が停止してしまう。

高さ三メートル、横幅が五メートルほどの灰色の塊が動いているのだ。それが動く度、バキバキと音を立てて木々が倒れていく。

それは四つん這いで歩いている熊だった。あれが標的のキンググリズリーで間違いあるまい。しかしちょっと常軌を逸した大きさだ。

レッドベアーは後ろ脚で立った状態で高さ三メートルほど。それが奴は四つん這いの状態で同じくらいある。後ろ脚で立ったら七～八メートルになるのではなかろうか？

私は木の上からほへ～っと呆れて見ていたのだが、驚き過ぎたせいで風向きが変わったのに気がつくのが一瞬遅れた。熊がグワっとこっちを見る。あ、マズイ。

キンググリズリーの目は金色で、私の目と同じだった。その目で私をハッキリ睨んでいる。

そして、後ろ脚でググググっと立ち上がった。おおおお、デカい！

本当に小山のようだった。そして熊が立ち上がり切った瞬間、私は重大な過ちに気がついた。

私はレッドベアーを相手にする時の調子で、高さ五メートル前後の高さの枝から獲物を観察していた。レッドベアーなら手を伸ばしてきてもギリギリ届かない高さだからだ。

だが、このキンググリズリーは立ち上がっただけで七メートル超。既に頭が私より遥か上の位置に来ている。鋭い瞳。殺気と獣臭が吹きつけてきた。

あ、ヤバい！　そう思った瞬間にはキンググリズリーは大木のような前脚を振りかざしていた。周囲の木を薙ぎ倒しながら腕と爪が迫る。

ものすごい音と衝撃。妙な浮遊感に驚きながら見てみると、木が真っ二つにされて、私のいる半分が吹っ飛ばされていた。

私はすかさず空中で体勢を立て直しほかの木に飛び移る。しかしそこにも熊の強烈パンチが襲う。砕ける木。飛ばされる私。ダメだ、これは一旦引くしかない。

私は木々を飛び移りながら逃げ出した。熊は木々を薙ぎ倒しながら追ってくる。私は苦し紛れに弓を引き矢を連射し、なんとか脱出に成功した。せっかくの服はところどころ破れて汗びっしょりだ。

なるほどあれは災害だ。騎士団が出撃する訳だ。

私はセルミアーネの待つ本陣に戻り、発見の報告をした。

興奮しながら語る私を見ながらセルミアーネは頭を抱えていた。

「体長七メートルのキンググリズリーなど聞いたことがない」

「そんなに大きくなるものなのでしょうか……」

騎士団の面々も驚きを隠せないでいる。やっぱりあれは普通のサイズじゃなかったのか。

セルミアーネはちらっと私を見た。

「どう？　いけそう？」

「う〜ん。道具がね。この弓ではちょっと通らないみたいなのよ」

私の弓はそれなりに強い弓のはずなのだが、放った矢は熊の身体にほとんど刺さりもしなかった。あれを相手にするには仕掛け弓がいると思う。

私が言うとセルミアーネは頷いた。

「仕掛け弓なら持って来ている。それほどの怪物なら、やはり武装を強化する必要があるな。全員に甲冑(かっちゅう)を装備させよ。盾と長槍も装備」

セルミアーネの命令に、騎士達が一斉に従卒に持って来させた板金鎧(ばんきんよろい)に装備を変更し始める。板金鎧は重いので着て移動はしなかったのだろう。セルミアーネも甲冑を身に着けながら私に聞く。

「私は正面から熊を押さえる。君は仕掛け弓で側面もしくは背中から攻撃してほしい」

従卒が持ってきた仕掛け弓は、バネを巻き上げて人間では引けない強さの弓を引く、木の台座つきの弓でかなり重い。故郷でこれを使う時は基本的に待ち伏せで使用した。持って移動するには重いし木の上では使い難い。

「これ、私には向かないわ。ほかの人が待ち伏せ攻撃に使ったほうがいいと思う。そうね。どこか戦場を設定して、そこに奴を誘い込んで正面からミア、じゃなくて殿下が、側面から仕掛け弓。後ろから私が攻撃するってのはどう？」

「後ろに回り込んでどうするつもりなの？」

私はニヤッと笑った。

「私は熊狩りのプロよ。熊の弱点なんてお見通しなんだから」

そして私達は打ち合わせをする。あんな巨大熊の攻撃を正面から受けて大丈夫なのかと思ったのだが、騎士達は訓練を受けているから大丈夫だということだった。セルミアーネの強さは知っているから私もそれ以上には心配しない。彼が私を信じて任せてくれるのと同じことだ。

戦場は熊が既に暴れて木が踏み倒されて空間が開けた場所に設定した。金属の甲冑を纏い動きが鈍くなった状態の本隊の勝機は固く身を寄せ合っての守りと、一糸乱れぬ攻撃によって生まれる。なるべく広いスペースが欲しい。

十丁あった仕掛け弓の部隊には、本隊が熊と戦い始める寸前に側面から攻撃して勢いを削ぐ役目を命じた。そして「くれぐれも二撃目は射たずに退避するように」と念を押しておく。下手に目をつけられてそっちに熊の攻撃が行ってしまうと面倒だからだ。

まずは私と狩人部隊が熊を挑発して本隊に誘導するところからだ。

熊はすぐに見つかった。どうも餌を探しているようだが、思うように餌が捕れなくて苦しんでいるようだ。そりゃあんな巨体では餌も足りないわよね。あれが近隣の村にでも行って家畜、いや、人を喰い始めたら一大事だ。ここで討伐しなければならない。

私は効かないことを承知で弓を放った。首のところに刺さったんだか刺さっていないんだか、キンググリズリーはぐるりと振り向いた。金色の目が光る。来た！

私達は一目散に逃げ出した。熊は木々を吹き飛ばしながら追ってくる。ものすごい迫力だ。ちぇっ。こんなすごい獲物、単独で狩れたら最高なんだけど、さすがにこの状況では手に余る。今のセルミアーネ達がやってくれることを罠で代用すればあるいは……。

などと考えながら木々を飛び移り熊を誘導すると、すぐにセルミアーネ達が待ち構えているポイントに着いた。

騎士達が銀色の鎧兜を輝かせて、十人ずつ方陣を作って長槍を構えている。そして一斉に雄たけびを上げた。

その様子を見てキンググリズリーの標的が私達から騎士達へ切り替わる。目を光らせ、青味かかった灰色の毛を逆立てると、熊は地響きを立てて騎士達へ襲いかかった。

「怯むな！　隊列を引き締めろ！　分散したら終わりだぞ！」

セルミアーネの声が聞こえる。熊がものすごい勢いでそこに到達しようとした直前、森の中で金属音が響いて矢が十本、キンググリズリーの頭を襲った。

人の腕では引けない強さの弓で放たれた金属製の矢である。さすがのキンググリズリーも無傷とはいかない。何本かが突き刺さり、血が噴き出る。特に鼻は熊の急所である。キンググリズリーは思わず勢いを緩めた。

「今だ！」

セルミアーネの号令で騎士が槍を揃えて突入する。鍛え抜かれた騎士の突撃。槍による渾身の突きは熊の身体に深々と突き立った。キンググリズリーがごおおっと咆哮（ほうこう）する。そして苦し紛れに前脚を騎士達に振り下ろした。

「備え！」

セルミアーネの命令と同時に騎士は盾をかざし身を寄せ合う。ガシャーンと凄（すさ）まじい音がしたが、騎士は隊列を崩さず耐え切った。大木を吹き飛ばすほどの攻撃を跳ね返す騎士ってすごいわね。

それと同時に別の部隊が側面から槍を揃えて突入し、熊に突き刺す。咆哮がまた上がる。

キンググリズリーの攻撃を一隊が受け、ほかの二隊がその隙に反撃する。熊は基本的に一つの目標にしか攻撃できない。その習性をよく知っているからこその作戦だ。

騎士は熊を含む害獣退治を日常業務にしているから、熊の習性にも詳しいのだろう。まぁ、前提条件として熊の攻撃に耐えきれる防御力が必要な作戦ではあるが。

私はその隙に熊の後ろに回り込んだ。今は前方に集中しているから、こちらには全然気がついていないようだ。だが攻撃したら気がつかれてしまう。なまじ攻撃対象が分散すると、動きが読み難くなってかえって防御が難しくなるらしい。私は気配を消してチャンスを待つ。

やがてキンググリズリーが苛立ったような咆哮を上げると、後ろ脚でぐわっと立ち上がった。何しろ七メートルもあるのだから山が立ち上がったような迫力がある。そして両前脚を上げて正面の部隊に向けて上から叩きつけようという仕草を見せた。

これが狙っていた機会だった。私は飛び出し、持って来ていた手斧を振りかぶり、キンググリズリーの後ろ脚の踵の上、腱の辺りに叩きつける。渾身の一撃は硬い毛皮と厚い皮膚を切り裂いて肉に到達した。そこを二度、三度とぶっ叩く。

熊は後ろ脚で立ってしまうと後方への攻撃手段を持たないし、俊敏に振り返ることは難しくなる。立ち上がらせてしまえば後ろからは攻撃し放題になるのだ。こんな巨体なら余計だろう。数度打ちつけるとブツンという感触がして熊の後ろ脚の腱が切れた。熊がぐらつく隙にもう一方の脚にも斧を叩きつける。木こりにでもなった気分だ。すぐにもう一本の腱も切断した。腱を失った熊は立っていられなくなり、バランスを失って前方に転倒する。

「退避！」

潰されそうになった部隊が慌てて避ける。キンググリズリーは地面を地震のように震わせてうつぶせに倒れた。必死にもがいて起き上がろうとするが、後ろ脚の腱を失っていてはもう立てない。人間と違って膝だけで身体を起こせないのだ。その隙に騎士達が一斉に槍をキンググリズリーに突き立てる。

キンググリズリーの身体から血が噴き出るが、それでもなかなか動きが止められないようだ。油断した騎士の何人かが前脚で飛ばされた。

私は戦場が見下ろせる木に登り、身体を安定させると弓を構えた。適当なところに当てたのでは矢は通らないが、ここならどうよ。私は弓を引き絞り、放った。

矢は過(あやま)たずキンググリズリーの目に命中した。キンググリズリーの口から悲鳴が上がる。その隙に、一人の騎士がキンググリズリーに駆け寄り、長槍を構えた。

「殿下！」

あ、あれ、セルミアーネだ。

セルミアーネは槍を抱えると風のような勢いで突撃し、気合の雄叫(おたけ)びを上げながら深々とキンググリズリーに突き刺した。寸分違わず心臓に。

キンググリズリーが断末魔の叫びを上げる。最後に上がった前脚が、痙攣(けいれん)したかと思うと、ドサッと地面に落ちた。

騎士達の歓声が森の中に響き渡った。

このキンググリズリー討伐は貴族界や帝都でかなり話題になったようだ。何しろ皇太子になったセルミアーネが軍を指揮して上げた初めての武勲である。前代未聞の大きさのキンググリズリーの頭蓋骨は帝都に持ち帰られ、武勲の証として帝宮入り口の門前にしばらく飾られた。見物人が大量に来ていたらしい。

何しろ一度失敗していた討伐であるし、セルミアーネの的確な指示で作戦が成功したことは騎士や狩人の口から知れ渡り、帝都には皇太子殿下を讃える歌までできたそうだ。皇太子自ら帝都を守るために出陣した事実は帝都の市民に非常にいい印象を与えたらしい。

貴族界でもセルミアーネの軍事的手腕が確かなことに喜びの声が上がっていた。皇太子は帝国の戦争には出陣するのが普通であるから、軍事的に有能な皇太子は大歓迎なのだ。お茶会などで「これで帝国も安泰ですね」という声もよく聞かれるようになった。

そして私の活躍は……なかったことにされた。話題にされなかった。というか、緘口令が出た訳でもないのに誰も話を広めようとしなかったのである。

騎士達は、猿のように木に登り木々を渡って大活躍した皇太子妃殿下を確かに見たはずだが「……あんな皇太子妃がいる訳がない。あれは女狩人だ」と勝手に納得したらしい。

いや、あんた達私を「殿下」って呼んでたよね？

狩人達も確かに「ラル」が皇太子妃として扱われているのを見たはずだが「そんな訳ねぇ

べ」と見なかったことにしたようだった。皇太子妃が狩人だったなんて言いふらしたことがバレたら不敬罪に問われかねないから、まぁ、仕方がない。

侍女達はもちろん他言しない。そもそも彼女達は私の活躍を見ていないから「一緒に行って見ていただけなのだろう」くらいに思っているようだった。

そのため、貴族界で私がキンググリズリー討伐に関わっていたなどとは誰も知らないのであった。

むぅ。あんなに活躍したのに！　と思うと同時に、知れ渡っていたらそれはそれで面倒なことになったろうからこれでよかったのかもしれないとも思う。

私は今回のことに味を占めて、害獣退治の話があったら教えてくれ、と騎士団長に頼んだのだが、慇懃（いんぎん）にお断りされた。まぁ、そうよね。

まぁ、念願のキンググリズリーと戦えたし、久しぶりに大暴れできたし、そこそこ満足だわ。

私がそう言うとセルミアーネはとても嬉しそうに笑った。

「それはよかった」

「それにしても、どうして私を討伐に参加させてくれたの？　騎士団長なんかは反対だったようなのに」

「理由はまぁ、行く前に言った理由が半分。あと半分は……結婚の時の約束をどうしても一つぐらいは果たしておきたかったのさ」

結婚の時の約束？

あーあー。里帰りとか、いろいろしたわね、約束。ほとんどが実現不可能になっちゃってるけど。

私はこの期に及んではもう気にしていないのだが、セルミアーネは律儀に気に留めていてくれたらしい。それで関係各方面にゴリ押しをしてまで私を討伐に参加させてくれたのだ。

私はなんだか心が温かくなり、顔をニマニマさせてしまった。

やっぱりこの夫、最高じゃない？

「もう気にしなくてもいいのに」

「ああ、だから竜のほうは勘弁してもらいたいね」

私達はふふふふっと笑い合った。

セルミアーネが私のことをちゃんと想ってくれるのだから、「今度はキンググリズリーを一人で狩ってみたい！」などという野望はひとまず収めて、皇太子妃業をこれからも頑張ろう。

改めて、そう私は誓ったのだった。

書き下ろし番外編

二人の師匠

離宮で食後に二人で寛いでいた時のことだ。セルミアーネが不意に尋ねてきた。

「そういえば、ラルはずいぶんと人の名誉とか尊厳とかを大事にしているようだけど、何か理由があるの？」

そう問われて、私は頭の中に二人の人物を思い描いた。懐かしい顔だが、二人とももう故人だ。私は昔を思い出して思わず笑ってしまった。

「ええ。そう、私は教えてもらったのよ。師匠に。師匠達に」

そう。二人は私の師匠だった。

私はセルミアーネに懐かしい師匠との思い出を語ることにした。


当時私はまだ十歳になっていなかったんじゃないかしら。まだチビ助の癖にもう当時から自信満々だったわね。何しろ走るのも木登りも、そして喧嘩も、少し年上の子供にも負けなかったからね。ちょっと調子に乗ってた訳よ。悪さをしては父ちゃんに殴られ、母ちゃんに尻を叩かれていたけど、一向に懲りなかったな。

毎日領都の辺りを駆け回り、気に入らないことがあると癇癪(かんしゃく)を起こして物を壊したり、人を殴ったりは日常茶飯事で、その頃から乱暴者のラルで名が通ってたみたいよ？　私は知らなかったけど、父ちゃんは苦情を言われて大変だったみたい。

少しも大人しくしていない私に、父ちゃんは字を教えたり庭仕事を教えたりしてなんとか家に留めようとしたみたいだけど、まぁ、無理だったわね。部屋に閉じ込められても脱走して遊び歩く日々だったわ。

ある時ね、私は例によってちょっと年上の男の子と喧嘩になって、思い切りその子を打ちのめした訳よ。相手の子は泣いてね、大きな声で泣きながら私に謝ってた。でもその頃の私はそんな大声で泣くな！　とか言いながらさらに殴ったり蹴ったりしてたのよ。

そうしたら、通りがかった男の人が私を止めたの。その人は私に言ったわ。

「相手はもう負けを認めて謝っているじゃないか。それ以上追い打ちすることは相手の尊厳を踏みにじることだ。そういうことをやってはいけないよ」

って。でも当時の私はそんなの何を言ってんだって感じで分からなかったのよ。だからその男の人に舌を出して「私は勝ったんだ！　勝ったんだから何をしてもいいんだ！」とか叫んだのね。

そしたら次の瞬間、私は宙を飛んでてね、背中から落ちて息が詰まって、気がついたらその男の人に押さえつけられて首に手刀を突きつけられていたわ。

「さて、私の勝ちだね。私は君に何をしてもいいのかい？」

ぞっとするほど冷たい声だったわ。私は怖くて泣いて謝ったわよ。

え？　私が怖くて泣くなんて信じられない？　……子供だったしね。それに師匠は本当に怖かったのよ。

師匠は、近所に住んでいる農夫で、昔は兵隊をやっていたって言ってたわ。でも今思い出すと多分騎士だったのよね。体格がよくて力は強かったんだけど、いつも左脚を引きずっていた。義足だったのよ。戦争で失ったって言ってたわ。

私は私より強い人に興味が湧いて、師匠につきまとったわ。脚が悪い師匠の代わりに農作業を一生懸命手伝った。それで、戦い方を教えてくれって言ったの。あの時あっという間に投げられた技が知りたかったのよ。

師匠は渋ったけど、私が日参して仕事を手伝ったのと、多分父ちゃんが何か言ってくれて、結局技とか戦い方を教えてくれるようになったわ。

師匠は特に投げ技が得意でね、私の投げ技はほとんど師匠に教わったものよ。でも技や戦い方より師匠が口を酸っぱくして教えてくれたのが「相手を敬いなさい」ということだった。「相手を侮ると自分に隙ができる。相手を蔑むと相手は怒って実力以上の力を出す。相手を敬い、相手に敬意を払って初めて実力通りの結果が出るんだよ」

だからどんな者にもある、尊厳と名誉を傷つけないようにしなさい、と言ってたわ。それを傷つけられればどんな者でも死ぬ気で相手に立ち向かうから、と。ただ、私がそのことをちゃんと理解したのはもう少し後だったけどね。言葉がちょっと難しかったから。

師匠は本当に怖くてね。私が自分より弱い者と喧嘩したり、降参している奴に追い打ちをかけたりするのを目撃すると、あとでぶん投げられた挙句に怖い顔でお説教を喰らったわ。

今なら分かるけどあれは私のための戒めだったのよ。相手を侮って侮辱するな。どんな相手にも敬意を払って全身全霊をもって立ち向かえ。そう教わってからほかの奴と喧嘩すると、教えの意味が見えてきたわよね。

その頃の私はチビだったから、年上の男の子とかは私を馬鹿にしている訳。だからよく見れば隙も多いのよ。私はちゃんと油断せず相手を見て戦っているから、そんな隙だらけの奴に負ける訳ないわよね。師匠の技もあるしね。

え？　師匠は喧嘩自体は怒らなかったかって？　むしろ褒めてくれたわよ。自分より強い相手と戦うのはいいことだって。それで私は自分より強い相手と戦いたがるようになったのかもね。

師匠からはいろいろ教わったけど、それから二年ぐらいでぽっくり死んじゃったのよ。前の日まで元気だったんだけどね。私はずいぶん泣いたわ。でも師匠の教えてくれた技と心構えは、私の中に未だに残っているわね。

師匠も、周囲に自分より強い奴もいなくなって、私は本格的に狩りを始めたの。十歳くらいだったと思うけど、最初は全然狩れなかったのよ。毎日森に分け入ってもなんにも狩れない。動物って面白いのよ。狩りじゃない時に森に入った時はひょいひょい顔を出す癖に、弓を持つと途端に顔を出さなくなるのね。

私はこの性格だから、もう無茶苦茶に頑張って森を駆け回って、終いには森で疲れ果てて寝てしまって父ちゃん母ちゃんに心配されてものすごく怒られたりしながら狩りをしたんだけど、どうしても結果が出ない。

そんなある日、森で一人の狩人と行き合ったのよ。もう老人でね。森を歩く時もゆっくりだしガサガサ音を立てるのよ。これはなんにも獲れないだろうな、って私は見ていたわ。

そうしたら帰りに見たら鹿を背負っているのよ。鹿って臆病だし脚も速いから狩るの難しいのに。不思議に思った私はその狩人について歩いて狩りのやり方を見せてもらったわ。

そうしたら面白いの。ゆっくり歩いているし、気配も消せてないのに、その狩人の前に獲物がドンドン現れるのよ。まるで吸い寄せられるみたいに。私は唖然として聞いてみたの。一体何をしているのかって。

そうしたら彼は言うの。

「動物の動きを読むのさ。あいつらもちゃんとモノを考えて生きているからね。そうすれば先回りできて、私みたいな老人でも獲物が仕留められるという寸法さ」

私はびっくりしたわ。所詮動物じゃない、そんなに深くモノを考えている訳ないわって。でも彼は笑って、そう考えているうちは獲物は狩れないだろうね、って言ったわ。ぐうの音も出なかったわね。

私はそれからその狩人を師匠って呼んでつきまとったわ。師匠の家に行って家事手伝いをやらせてもらい、獲物の処理を手伝って、森に入る時の準備もして、森を歩く時はいつも同行した。師匠の奥さんはもう老人の師匠を心配していたから喜んでくれて、師匠は仕方なく私にいろいろ教えてくれるようになったわ。

師匠は森のことを木の枝一つ、小石一つまで熟知しているように見えたわ。

「知らないものは分からない。分からなければ危ない。まずは知ることだ」

って口癖のように言って、森の様子やそれが天気や季節でどう変わるか、同じように見える木も季節によって固さが違うとか、小川の水量で山の上のどの辺に雨が降ったか分かるとか細かく教えてくれたわ。

動物の習性にも本当に詳しくてね。足跡の具合からここをどれくらい前に通ったから、今はどこにいるはずだとかピタリと当てるのよ。鹿、猪、穴熊、熊、狼等々全ての動物でよ。

動物には縄張りがあって、そこに入った途端に自分の姿は動物に把握されていると思ったほうがいいとも言っていたわね。だから縄張りにできるだけ入らず、その外から狙ったほうがいいとも。

動物のことを知りなさい。動物のことをいつも考えなさい。動物のことを馬鹿にせず、対等の相手として敬意を払いなさい。師匠はそう言ったわ。

私は「ああ、これは格闘の師匠が言ってくれたことと同じだわ」と気がついたのよ。

動物を獲物としてだけ考えず、動物の尊厳に敬意を払い、対等の敵として全身全霊をもって立ち向かわなければならない。そうしないと獲物は狩れない。そう理解できたら面白いように獲物が獲れ出したの。

私は狩りの面白さの虜(とりこ)になった。よく、狩りなんて残酷だとか、武器を使って動物を一方的に殺すなんてかわいそうだって人がいるんだけど。違うのよね。分かっていないのよ、そういう人は。狩人ほど動物のことを真剣に考え、敬い、その生き様を尊重している人間はいないわ。森のことを知り動物のことを知り、結局それは世界を知り人間を知ることにも繋がっていると思うのよ。

だって狩りの師匠と格闘の師匠が言ってくれたことは結局同じだったもの。動物を相手にするのも人間を相手にするのも同じ。相手のことを真剣に考え、知り、敬意をもって全力で立ち向かう。それができなければ負ける。下手すれば死ぬ。

いやぁ、私だって分かっていなかった頃は何回も死にかけたからね。鹿を仕留めたと思って鼻歌交じりで近づいたら体当たり喰らって谷底に落ちたりとか。猪を適当に射たら反転して向かってきて追い回されて谷底に落ちたりとか。赤い毛の大熊と戦って、もう勝ったと思ったら突然ジャンプして体当たりされそうになって、慌てて避けたら谷底に落ちたりとか。最後の最後まで油断は禁物。動物の生命力は舐めちゃいけないってことも学んだわ。

……え？　よく死ななかったねって？　私は頑丈だもの。

狩りの師匠も私が成人する直前に死んじゃったわね。最期に弟子ができたって喜んでたって奥さんが話してくれたっけ。形見にくれた師匠の山刀は未だに使ってるわよ。懐かしいわね。こんな話していたら狩りに行きたくなっちゃったわ。

ま、そんな師匠達の教えのおかげで私は相手に敬意を払うことを何よりも大事にするようになったのよ。相手の尊厳を踏みにじる奴を見ると腹が立つと同時に寒気がするのよね。よく平気だなって。

あんなことをされたら、私なら地の果てまで追いかけて行ってそいつの喉笛を掻き切ってやると思うもの。自分の命を懸けている自覚がないなら、相手の尊厳を軽視することはやめたほうがいいと思うわ。

え？　いい師匠に恵まれたんだねって？　そうね。私もそう思うわ。というか、私は周りの人に恵まれていると思うのよ。父ちゃん母ちゃん、故郷のみんな、お父様お母様、お姉様お兄様達、侍女のみんな。もちろんセルミアーネ、あなたもね。

この本を読んでのご意見・ご感想・ファンレターをお待ちしております。
＜宛先＞〒 104-8357　東京都中央区京橋 3-5-7
（株）主婦と生活社　PASH! ブックス編集部
「宮前葵先生」係
※本書は「小説家になろう」（https://syosetu.com）に掲載されていたものを、改稿のうえ書籍化したものです。
※この作品はフィクションであり、実在の人物・団体・法律・事件などとは一切関係ありません。

貧乏騎士に嫁入りしたはずが!? 1 ～野人令嬢は皇太子妃になっても熊を狩りたい～

2023年3月13日　1刷発行

著　者　宮前葵
イラスト　ののまろ
編集人　春名 衛
発行人　倉次辰男
発行所　株式会社主婦と生活社
〒 104-8357　東京都中央区京橋 3-5-7
03-3563-5315（編集）
03-3563-5121（販売）
03-3563-5125（生産）
ホームページ　https://www.shufu.co.jp

製版所　株式会社明昌堂
印刷所　大日本印刷株式会社
製本所　下津製本株式会社
デザイン　ナルティス（稲葉玲美）
編集　堺香織

©Aoi Miyamae　Printed in JAPAN　ISBN978-4-391-15933-2

製本にはじゅうぶん配慮しておりますが、落丁・乱丁がありましたら小社生産部にお送りください。送料小社負担にてお取り替えいたします。

Ⓡ本書の全部または一部を複写複製（電子化を含む）することは、著作権法上の例外を除き、禁じられています。本書をコピーされる場合は、事前に日本複製権センター（JRRC）の許諾を受けてください。また、本書を代行業等の第三者に依頼してスキャンやデジタル化することは、たとえ個人や家庭内の利用であっても一切認められておりません。
※ JRRC［https://jrrc.or.jp/　E メール　jrrc_info@jrrc.or.jp　電話 03-6809-1281］